我的孔子学院

北京大学孔子学院中方院长访谈实录

北京大学汉语国际推广工作办公室◎编

北京大学出版社
PEKING UNIVERSITY PRESS

图书在版编目(CIP)数据

我的孔子学院：北京大学孔子学院中方院长访谈实录 / 北京大学汉语国际推广工作办公室编. — 北京：北京大学出版社，2018.1

ISBN 978-7-301-28957-0

Ⅰ. ①我… Ⅱ. ①北… Ⅲ. ①访问记－作品集－中国－当代②中华文化－文化传播－文集 Ⅳ. ①I253.3 ②G125-53

中国版本图书馆CIP数据核字(2017)第283306号

书　　名	我的孔子学院：北京大学孔子学院中方院长访谈实录 WO DE KONGZI XUEYUAN: BEIJING DAXUE KONGZI XUEYUAN ZHONGFANG YUANZHANG FANGTAN SHILU
著作责任者	北京大学汉语国际推广工作办公室 编
责任编辑	李冶威 周 彬
标准书号	ISBN 978-7-301-28957-0
出版发行	北京大学出版社
地　　址	北京市海淀区成府路205 号　100871
网　　址	http://www.pup.com 新浪微博：@北京大学出版社 @培文图书
电子信箱	pkupw@qq.com
电　　话	邮购部62752015　发行部62750672　编辑部62750112
印 刷 者	北京市松源印刷有限公司
经 销 者	新华书店
	880毫米×1230毫米　32开本　6.75印张　120千字
	2018年1月第1版　2018年1月第1次印刷
定　　价	42.00元（精装）

谨以此书献给北京大学建校120周年

目 录

序 言 009

日本立命馆孔子学院 015

为初心，尽所能

——专访立命馆孔子学院中方院长王顺洪 019

日本早稻田大学孔子学院 037

敢为天下先

——专访早稻田大学孔子学院第一任中方院长周程 043

不惑季的甘苦与收获

——专访早稻田大学孔子学院中方院长孙建军 051

泰国朱拉隆功大学孔子学院 057

甘苦并济的孔院事业

——专访朱拉隆功大学孔子学院中方院长傅增有 061

承前启后，继往开来
——专访朱拉隆功大学孔子学院中方院长韩曦 071

以色列希伯来大学孔子学院 079

汉语之花在中东
——专访希伯来大学孔子学院中方院长王宇 083

德国柏林自由大学孔子学院 091

十年——开创者的成功与思考
——专访柏林自由大学孔子学院中方院长李晓琪 095

西班牙格拉纳达大学孔子学院 103

西班牙时光——跨文化的独特存在
——专访格拉纳达大学孔子学院中方院长范晔 107

石榴城的礼物——融入与融合
——专访格拉纳达孔子学院中方院长卜珊 117

俄罗斯莫斯科大学孔子学院 127

伏尔加河畔的畅想
——专访莫斯科大学孔子学院中方院长郑明秋 131

英国伦敦大学教育学院孔子学院 135

一往无前，张弛自如
——专访伦敦大学教育学院孔子学院中方院长祝会青 139

润物无声，牵手英伦
——专访伦敦大学教育学院孔子学院中方院长马燕 151

各美其美，美美与共
——专访伦敦大学教育学院孔子学院中方院长李夏 159

孔院 · 邂逅
——专访伦敦大学教育学院孔子学院中方院长林芳华 167

孔院往事
——专访伦敦大学教育学院孔子学院中方院长刘秀琴 177

埃及开罗大学孔子学院 185

永恒的记忆——那些年我们共同成长
——专访开罗大学孔子学院首任中方院长梁雅卿 189

心无所恃，随遇而安
——专访开罗大学孔子学院中方院长林小英 201

后 记 215

序 言

春夏之际，我收到由同事转来的一本新书书稿。这是由北大汉语国际推广工作办公室的几位同志编写的《我的孔子学院：北京大学孔子学院中方院长访谈实录》。这本集合了北大孔子学院发展亲历者访谈的新书即将付梓，我感到由衷的高兴。

习近平总书记曾经深刻指出，“阳光有七种颜色，世界也是多彩的。人类在漫长的历史长河中，创造和发展了多姿多彩的文明，从茹毛饮血到田园农耕，从工业革命到信息社会，构成了波澜壮阔的文明图谱，书写了激荡人心的文明华章。”世界各国人民创造的灿烂文明，是人类社会共同的宝贵财富。在以互联网为标志的信息化时代背景下，人类的联系密度更是以空前的速度走向峰值，人类的命运前所未有地关联在一起。可以说，没有任何一个国家能够独善其身，也没有任何一种文明能够独自存在，中国倡议的“文明因交流而多彩，文明因互鉴而丰富”的“新文明观”越来越成为世界各国的广泛共识。

孔子学院为推动中外人文交流而创办，为世界各国提供了认识中国、了解中国人民、对话中华文明的重要平台。习总书记曾多次出席孔子学院有关活动，在2015年全英孔子学院和孔子课堂年会开幕式上，习总书记强调：全英孔子学院取得的硕果是中英人文交流蓬勃发展的缩影，通过人文交流，中英两国文化中的精华正在对两国人民的思维方式和生活方式产生着奇妙的“化学反应”。正如习总书记所说，孔子学院属于中国，也属于世界，自2004年第一所孔子学院成立至今，孔子学院的影响已遍及全球，中国人民与世界各国人民借此相互学习、取长补短，加深了了解，增进了感情，深化了友谊。

在全球孔子学院的大家庭里，北京大学的孔子学院历来是一支生力军。海内外北大人秉承使命、发扬传统，在学院的建设发展上辛勤耕耘、勇于探索，取得了斐然的成绩。13年来，北大参与共建的10所孔子学院和45所孔子课堂，始终以推广多语种教学、服务当地汉语教学需求、深化孔子学院跨文化研究、推介分享中国文化为重点，成为增进世界了解中国的重要窗口，也成为教育改革开放的稳固桥梁。

“根植北大，花开四海”，北大“敢为先”“常为新”的精神，淋漓尽致地体现在海外孔子学院的建设中：我们拥有全球第一所研究型孔子学院（早稻田大学孔子学院）、全球首个孔子学院汉学教授讲席（斯坦福大学孔子学院）、全球第一家以支持中小学汉语发展为宗旨的孔子学院（伦敦大学教育学院孔子学院）等。较高的起点、准确的定位以及鲜明的特色，让北大的孔子学院备受瞩目与肯定。

荣誉的取得，首先离不开各孔子学院的掌舵人，也是这本书的主人翁——中方院长们这个特殊的群体。如果说每一位汉语教学志愿者都是一篇中国读本，那么每一位中方院长则是地地道道的文化大使，身兼教育交流、文化传播、公共关系等多重职能。翻阅这本《我的孔子学院》，能够深切体会到这批奋斗在海外的北大人的光辉风采。对于中方院长而言，挑起孔子学院的重担，不仅是光荣，更意味着挑战。我记得格拉纳达大学孔子学院的中方院长、翻译家范晔老师的一句话，他在回忆草创之初的艰难时说道："我，外方院长，孔院牌子，就是孔院的全部。"这很好地诠释了何为"我的"孔子学院。中方院长的思想高度，往往决定了孔子学院的高度，他们本身的理想与风骨，也决定了一所孔子学院的精神气质。正是这种对汉语国际推广的责任感与使命感，鼓舞他们筚路蓝缕，在中外双方的精诚合作与共同努力下，支撑起孔子学院广阔的发展空间。

字里行间，我不时为中方院长们的奉献精神和执着努力而感动。当然，孔子学院的建设靠的不仅是热情，更是智慧。中方院长们袒露心扉的感悟和体会，凝聚了这批教育、人文交流的先行者们的认真总结与思考。他们在书中所提出的许多宝贵建议，值得我们深入学习和践行。概括说来，有以下几点：

一是注重发挥北大厚重的人文底蕴和学术氛围，带动孔子学院提质增效。随着孔子学院成为世界上最大的教育文化共同体之一，质量建设已经摆在孔子学院建设的突出位置。质量是

“生命线”，是“常青树”。中方院长们普遍将学术研讨视为孔子学院健康发展的生命力与原动力，各类高端研讨、对话、讲座的举办，北大名师的赴外讲学与交流，彰显了孔子学院作为语言教学机构和学术研究机构的双重身份。

二是注重双向交流与互学互鉴，努力使孔子学院成为中外文化双向交流和各国文明互学互鉴的大舞台。孔子学院要更加扎根本土，深度融入所在大学的发展战略，更加积极地服务社区民众，因地制宜、灵活多样地开展语言教学和文化交流活动。当前和今后一段时期，要更加主动地服务国家“一带一路”战略，在助推汉语和中华文化走向世界的同时，进一步增进所在国家、所在地区、所在学校和我国在人文交流、姊妹学校、经贸往来等各领域、全方位的合作。

三是健全机制，健康运行。孔子学院的发展，离不开健全成熟的运作机制。要不断健全和完善理事会机制，加强中外方协调和磋商，将有关重大事项纳入理事会决策内容，实现发展战略长远规划、保障体系等的制度化、规范化。

伴随一批又一批中方院长的选拔、派出和归来，北京大学播下了学习汉语和中华文化的种子，收获的是中外人文交流的果实。可以说，这本访谈录不仅是孔子学院建设的启示录，也是中国教育对外开放的一个缩影。我推荐大家都来好好读一读这本书，从中汲取教育国际交流的经验，也从中感受精神的魅力。

是为序。

北京大学党委书记

郝 平

2017 年 6 月

日本立命馆孔子学院

2005年6月28日，国家汉办与日本立命馆签署了设立立命馆孔子学院的合作协议，北京大学作为中方承建机构与立命馆大学共同开展了孔子学院的相关工作。

立命馆孔子学院地处日本古都——京都，为世界首批、日本首家孔子学院。自成立以来，以促进汉语教学、弘扬中国文化、扩大国际交流为主旨，努力探索以汉语教学推动文化交流，以文化交流促进语言教学的新模式。立命馆孔子学院把工作的重心放在以下两个方面：第一，努力构建日本汉语教学的先进平台，在扎实推进汉语教学的同时，注重提升教师水平，积极推进本土汉语教师赴华恳谈活动，并继续邀请知名专家、学者赴日举办演讲会；第二，办成日中交流的中心窗口，努力建立并拓展与中国各大学以及世界各孔子学院的友好合作关系，积极实施学生以及商界人士的中国留学项目。

文化活动与语言教学相互融合、相互促进是立命馆孔子学院的另一特色。在推进汉语教学的同时，孔子学院在中日文化交流、中国学者讲座、教材编写等方面也取得了卓越的成绩，先后于2007、2008及2011年3次被国家汉办评为“先进孔子学院”。

王顺洪，1974年北京大学中文系毕业留校。1984年9月—1988年12月，接受国家教委借调在中国驻日本大阪总领事馆任教育副领事、领事。1989年9月—1990年9月，在日本关西大学文学部做访问学者。2001年9月—2003年3月，接受北京大学和国家汉办派遣，赴立命馆孔子学院担任中方院长。现为北京大学对外汉语教育学院教授。研究领域：日本汉语教育史、日本人汉语学习、中日语言文化比较。

为初心，尽所能

——专访立命馆孔子学院中方院长王顺洪

立命馆孔子学院成立于 2005 年 10 月，是日本首家孔子学院，地处京都市，并于 2006 年、2008 年分别在东京和大阪下设孔子课堂。2011 年 3 月至 2013 年 3 月，王顺洪老师接受国家汉办和北京大学委托，赴立命馆孔子学院担任中方院长。此前，王院长曾在日本从事过教育外事、业务进修、汉语教学相关工作合计 10 年有余，这次虽然是故地重游，但毕竟是担任孔子学院中方院长的职务，仍然颇具挑战性：角色特殊、关系多重、使命光荣、责任重大。不负众望的是，王院长在国家汉办和北大的支持下，通过自己的务实努力，与日方人员友好合作，顺利、愉快地完成了任务。“担任立命馆孔子学院中方院长的两年时光，已然成为我生命中永难忘却的美好印记。”王院长如是说。

谋求长远，稳步发展

多年来，在孔子学院总部的大力支持下，立命馆大学和北京大学积极配合，立命馆孔子学院锐意进取、开拓创新、办学质量稳步提高，曾先后三次荣获总部“先进孔子学院”称号。

汉语教学是孔子学院的核心工作，在王院长的努力推进下，立命馆孔子学院逐步建立了由入门、初级、准中级、中级、准高级、高级和商务汉语、时事汉语、日汉汉日翻译、汉语水平考试辅导等构成的完整的汉语课程体系。同时，还开设了“汉语会话沙龙”“克服弱点讲座”“中国留学讲座”等辅助课程。孔院不断完善教学体系和管理，逐步扩大教学规模，截至 2012 年 3 月，学期正式注册学员已由学院成立之初的 27 名增加到 408 名，累计 2800 人次，“汉语会话沙龙”3571 人次，“克服弱点讲座”2092 人次。在多年的汉语教学实践中，逐渐形成了一支近 20 人组成的优秀教师队伍，他们综合素质较高、教学经验丰富、深受学生喜爱。

倘若说汉语课是立命馆孔子学院“大餐”中的“主菜”，那么学术讲座就是“特色菜”。在王院长的推进下，孔院持续举办内涵丰富的中国文化讲座，内容涉及中国理解、论语、唐诗、书法、太极拳、敬学等。各类讲座形式多样且频率稳定，基本每月举办一次。另外，每年至少举办两三次中日学者联合讲座、特别讲演会等，听众人数超过10000人次。例如“中国理解讲座”，已举行68讲，题目涉及中国的经济、政治、社会、人口、环境、民俗、生活、教育、宗教、思想、语言、文学、艺术、旅游、改革开放、中日关系、健身养生等。该讲座已成为众多“特色菜”中的“品牌菜”，其内容丰富，知识性强，通俗易懂，使前来听讲的日本师生对于中国的理解日渐深入。

对孔院而言，文化活动是与汉语教学并重的工作内容。王院长在任期间，每年举行“立命馆孔子学院汉语演讲比赛”，协助领事馆举行“汉语桥”世界大学生汉语或中学生汉语比赛的日本关西地区预赛以及中国知识竞赛等。为了让孔院学生广泛深入地了解中国，学习中国语言文化，孔院积极组织来华体验“中国语言文化研修”。不仅如此，孔院还承接外交政要来访活动，接待温家宝总理到访，举办“周恩来与日本及京都”图片展，“全球化时代留学生的作用”“汉语教育和孔子学院的作用”等论坛、研讨会。通过一系列高端精品活动，逐步扩大孔院在京都地区的文化影响力。

回顾立命馆孔子学院的成长历程，王院长认为前进中也遇到了一些问题和困难。主要是：无论是汉语课程还是文化讲座，尽管内容很丰富而且实惠，但参加人数并不算多，且大多数为中老年人，年轻人尤其是大学生很少。究其原因，一是日本的汉语教育基础深厚，资源丰富，汉语教学机构、场所、途径繁多，学汉语的人固然很多，但被分流，生源有限；二是日本的大学一般都开设汉语课程并计算学分，学生需要履修的课程排得很满，社会上的年轻人工作太忙，他们中有些人即使想进孔子学院学习也缺少时间；三是孔院教学没有纳入日本的外语教育体系，机构虽设立在大学，但实际的发展空间却局限在大学之外，无异于民间一般汉语学校。正是由于以上原因，在日本特殊的教育环境中，孔院如何给自己准确定位，如何因地制宜做到可持续发展，长盛不衰，便成了严峻的问题和考验。而这一重大课题、难题的解决，尚需要一定的时间和实践。

规范统一，因地制宜

王院长在任期间深切体验到日本式的行政运作，与中国存在着明显不同。其一，就是在效率和程序的关系上，中日两国对二者的侧重程度不太一样。

在中国，行政机构开展工作，从做决定到实施，一般虽然也通过组织形式，有一定运行程序，但是许多单位并未形成严格的制度，常常为了追求效率，忽略了履行必要的组织形式和运行程序。

日本的行政运作则是另一种情形。行政机构都有完善、严格的议事制度，既追求效率，也强调程序，通过严格履行程序，体现民主、公开、透明。因而，开会讨论多，领导独断少，各种意见得以充分发表，避免因暗箱作业而产生偏误与不公。这种形式益处显而易见，不过也有其弊端，如程序烦琐、会议增多、事无巨细、内容重叠、议而不决等，一项议题从提出到形成决议，常常需要较长时间，效率确实不敢恭维。

世界上凡事都有度，事无论大小，如何掌握好度，不欠不过，恰到好处，是一门科学。在行政运作方面，“中国特色”和

"日本模式"差异明显，似乎各有长短，如何处理效率与程序的关系，实际上是处理民主与集中的关系，中日两国应该互相取长补短。

2011年5月，王院长出席了孔子学院总部在韩国启明大学举行的亚洲孔子学院会议。总部召开这次会议的目的是"问政于民"，就五年规划、教材推广、师资培训、水平考试等文件，征求工作在第一线的孔子学院院长们的意见。

总部明确，要在孔子学院已蓬勃发展六年的形势下，推动全球孔子学院的标准化、规范化，提高孔子学院的办学质量，促进孔子学院稳步、顺利、可持续发展。该目标无疑是好的，但王院长认为在加强标准化、规范化的同时，要特别重视区别对待、因地制宜，这也是与会代表们讨论中说得最多的部分。

王院长认为遍布世界各地的孔子学院及课堂，成立时间、发展程度、所处环境、办学条件等，情况复杂，差异很大。倘若不加区别，都用一把尺子衡量，不但难以行得通，还会产生矛盾。就拿师资来说，规定要有专职教师队伍，恐怕是太理想化了。各孔子学院所在地的国情、校情不同，师资需求、来源、构成很不平衡。有的国家或地区，中国文化和汉语教育基础差、资源少，孔子学院师资问题突出，连合格的兼职教师尚缺，何况专职教师队伍。而有的国家，如日本，尤其是大东京和京阪神地区，汉学和汉语教育基础深厚，汉语教师及教材资源丰富，孔子学院的教师一般都经过严格挑选，学历、素质较高，具有丰富的教学经验。然而，有一点也很突出——全是兼职。在日本由于各方面的原因，要求孔子学院建立专职教师队伍，不过是纸上谈兵、一厢情愿。其他国家可能也有类似情况。因此，从孔子学院总部来说，不宜将有无专职教师队伍作为孔子学院是否合格的标准。比较妥当的提法应该是：具有一支比较稳定的高质量的教师队伍。

王院长认为，不仅师资，其他方面的工作亦如此。标准可以定，规范需要搞，要求应该有，但要区别对待，因地制宜，不宜追求统一，搞一刀切。应该鼓励和支持所有的孔子学院，在孔子学院宗旨和章程的指导下，找到自己在当地的合适定位，发挥优势，突出特色，追求实效，真正在全球形成百花齐放、各具芬芳的局面。

集思广益，守正创新

2012年6月，王院长参加了在曼谷举行的亚洲大洋洲孔子学院联席会议，了解总部提出的工作计划。孔子学院诞生以来，如雨后春笋遍布世界各地，迅速推动了汉语的国际传播。在滚滚向前的浪潮面前，如何清醒客观地认识形势，通过富有远见的举措，增强发展的可持续性，保持孔子学院的强大生命力，使汉语的国际传播事业长盛不衰，是每位孔院人必须思考和解决的战略性课题。其中需要做诸多方面的工作，如加强各孔院师资队伍建设、加速本土化教材编写、完善孔院管理机制、认真评估总结经验等。其中还有一项十分重要的工作，就是如何积极主动地创造条件，推动加速新一代汉学家的培养和成长。

日本在汉学（包括汉语）研究与教育方面，具有悠久传统和深厚基础，一直走在世界各国的前列。之所以如此，除了地缘、文化、历史等原因外，还有一个重要因素，那就是历来不断涌现出新的汉学家，且代代相传，薪火不断。譬如，战后60多年来，正是因为有了以仓石武四郎、藤堂明保、舆水优、中川正之、木村英树、古川裕等为代表的一代又一代汉语学者的不懈努力和重要影响，才开创并保持了日本汉语研究与教育不断发展的局面。其他一些国家的情况亦如此。凡汉语、汉学教学与研究搞得比较好的地方，其中都活跃着汉语学者、汉学家的身影（包括华人华侨学者）。事实证明，要想确保汉语教育事业在世界各地的可持续发展，基本汉语教师队伍建设固然十分重要，因为它是教学的主力军和坚实基础，但是，作为骨干、推手和“领头羊”的各国汉学家人才的培养，同样至关重要，不可忽略。这里所说的汉学（社会、人文、艺术等，有学者主张称之为中国学）家，首先是指汉语教学和研究方面的著名学者，同时也包括通常概念中的专门从事有关中国研究的各个学科的造诣比较深、影响比较大的学者。

王院长强调，由于中国国际影响的日益扩大，“中国热”“汉语热”的持续升温，世界汉语教学和有关中国研究的繁荣，各国对本地汉学家的需求和期望，不仅为现有汉学家们提供了大显身手的舞台，也为新一代汉学家的出现和成长提供了肥沃的土壤。然而，新汉学家的产生并非轻而易举之事，尽管主观希求殷切，客观条件良好，但培养是一项系统工程，成长也需要一定过程，必须遵循人才培养和成长规律。虽然勿要守株待兔，但也不可拔苗助长。新汉学家人才的培养，迄今主要有两大基地：一是中国大学的高层次留学生教育（包括学者进修），二是国外大学的中国学专业（包括语言、文学、历史等，例如日本的中国语学科、中国文学科，韩国的中文系）的研究生教育，它们无论以前、现在还是今后，都应该而且称得上是新一代汉学家的摇篮，正在那里攻读或已毕业走上工作岗位的硕士生、博士生、中青年学者，最有希望成长为未来的知名汉学家。

王院长认为，世界各地的孔子学院，因尚不具备应有的教育资格和条件，虽难以直接承担培养汉学家的任务，但有责任和义务作为桥梁和窗口，协助总部和有关大学，在该方面做一些力所能及的工作。对于总部的“新汉学国际研修计划”，人们期望着经过集思广益，深思熟虑，能够切实可行，顺利实施，取得成功。

发挥优势，突出特色

孔子学院作为推广汉语的专门机构，在国际汉语教材工作中担当角色，发挥作用，既是自身所需，亦是责无旁贷。“三教”即教师、教材、教法，是汉语教学的三大支柱。国际汉语教材工作，一是使用，二是推广，三是编写，其中编写最为重要。有了好的教材，自然有地方使用，并可推而广之。

王院长立足学术前沿，对“三教”有更深入的理解。在他看来，编写教材是“三教”中难度最大的工作，专业性强，操作过程复杂，费心费力费时。全球数百家孔子学院，发展程度、师资力量、所处环境等千差万别。在编写国际汉语教材的工作中，担任什么角色，怎样发挥作用，不宜强求一律，应该因地制宜，量力而行。

就日本而言，汉语教育历史长，基础好，体系完备，师资队伍强大，教材出版便利，品种、数量丰富。在这一特定环境中，要想明确孔子学院在教材编写及推广工作中的角色与作用，首先遇到的问题是孔子学院如何给自己定位。

日本第一家孔子学院成立于 2005 年 10 月，目前已有 13

家孔子学院、6 家孔子课堂。实际上在孔子学院出现之前，日本早就形成了庞大而完备的汉语教育体系：以大学为骨干和主要基地，以民间语言学校为重要阵地，以广播电视和互联网教学为广泛延伸；既有正规教育也有业余教育，既有学历教育也有非学历教育，既有集中教学也有个别传习；多类机构、多种形式、多个层次，齐行并举，覆盖全国。

在国家汉办的大力支持和承建双方的不懈努力下，在日孔院努力开拓、积极创新，在汉语教学与文化活动方面成绩卓著、硕果累累；另一方面，也遇到了一些困难和困惑。困难和困惑除了来自要面对日本本土部分人士对孔子学院的怀疑、戒心乃至反对之音，更多的是来自如何处理与日本既有汉语教育体系的关系，找到自己的合适定位，做到可持续发展，长盛不衰。

王院长认为，在日本的汉语教育体系已经比较完备和孔子学院尚未得到日本教育界以及全社会认可的情况下，孔子学院的汉语教学要进入日本的大学教育体系，目前还比较困难甚至是不可能。在当前和今后的一段时期，生存和发展空间只能立足于民间，汉语教学对象主要是社会上的业余学习者。仅就立命馆孔子学院的情况看，尽管开的汉语课以及各种讲座不少，但生源并不理想，一是报名人数不旺，二是年长者比例偏大，年轻人特别是大学生显少，与孔子学院较高的投入不相称。若想改变这种现实，恐怕还有一段路要走，有赖于通过多方努力，特别是日方大学当局，逐步解决与日本现有汉语教育体系的关系问题。目前阶段，孔子学院主要是在提高办学质量，搞好各种相关活动上下功夫，不断增强孔子学院的吸引力，扩大影响和树立声誉。如果能争取到将孔子学院的汉语教学与所在日本大学的汉语教育机构紧密结合起来，孔子学院的生源除社会上的业余汉语学习者之外，能有较多想提高汉语水平的在校生以及毕业生进入孔子学院学习，使孔子学院不仅仅停留在普及汉语工作的层面，而是发挥日本大学一般汉语教学所做不到的培养中高级汉语人才的作用，这才是日本的孔子学院比较理想的局面。在这方面有的孔子学院比较好，我们所在的立命馆大学的领导也已表现出积极的态度，不过，在现行体制下和各种矛盾中，要真正实现尚需要一个过程。

王院长认为日本上述的背景和孔院目前的状况，是教材编写及推广的前提。孔院要在编写以及推广汉语方面有所作为，必须考虑上述背景下的各种因素，包括有利因素和不利因素，这也是之所以要强调因地制宜的原因。

那么，日本的孔子学院在汉语教材编写以及推广工作方面，存在着哪些有利因素和不利因素呢？孔院应该扮演什么角色，发挥怎样的作用呢？

王院长指出不利因素在于：日本汉语师资队伍强大，出版事业发达，汉语教材编写与出版竞相争艳，层出不穷。因利益关系，加之孔子学院存在于日本的汉语教育体系之外，以及某些人的误解或偏见，日本教学体系中的汉语教师以及出版社，均不希望孔子学院挤占他们的空间（孔子学院总部的教材一般是赠送）。孔子学院的教材出来后，除了自身或兄弟孔子学院使用以外，很难被日本的大学所采用，不易进入日本的汉语教材市场。

之后，王院长列出了有利因素：孔子学院是中日双方合办的汉语教学机构，虽然暂未得到来自日方大学汉语教学体系的认同和支持，与他们之间仿佛隔着一堵“墙”，但是，因为有汉办和中方大学汉语教学机构做后盾，加上参与孔院工作的日方学者、教师，完全有条件编出好的教材。另外，孔院是非盈利教育机构，编写、出版汉语教材不是为了盈利，只要教学确实需要就可以立项，不必过多顾虑市场价值和发行范围。最重要的是，要编得好，有特色，质量高，适合教学和学习者需要，这样，使用的人就会逐渐增加。

在日本，孔子学院怎样才能发挥优势，突出特色，编出高质量、受人欢迎的汉语教材呢？

考虑到不利和有利两方面因素，王院长认为：

第一，应把教材利用场所首先设定在孔子学院，同时还有日本民间和海外的日本人汉语学校，教学对象主要是业余学习者；但是，也要考虑到将来随着日本大学汉语教育机构与孔子学院协调合作关系的建立，会有较多的在校大学生以及毕业生进入孔子学院学习汉语。

第二，突出层次。日本大学的汉语教学除了汉语专业外，一般都是“教养课程”（第二外语），教授的是初级汉语。如果学生感兴趣，想要继续学习也没有机会，大部分学生都达不到跟中国人交际的水平。已出版的汉语教科书大多数也都是初级的。因此，孔子学院的汉语教学应囊括各个层级，所编教材应从低到高成完整系列，可以满足各个汉语学习阶段学习者的需要。

第三，突显实用性、工具性。日本大学中的汉语教学，尤其是作为“教养课程”的汉语教学，目的是为了培养学生的素质，而不是为了让学生将汉语作为交流工具实际运用，因而应有的听说读写技能训练不够。孔子学院所编教材，应突出工具性、应用性，把培养学习者的听说读写技能放在首位，提高实际运用汉语的能力，尤其要重视会话能力。

第四，统一标准。日本现有的许多汉语教材，在层级划分、难易程度、词汇控制等方面，过多地反映了编者个人的理念、想法，不同程度地缺乏系统性、科学性。比如，课本名为初级，实际上仅是入门，标榜中级，实际上仍是初级，未能与公布的汉语教学大纲、汉语水平考试标准相一致。孔子学院所编教材，应该以汉语教学大纲、汉语水平考试标准为依据，增强科学性。

第五，强化针对性、本土性。毋庸置疑，日本出版的汉语教材具有明显的本土化特点。日本孔子学院所编汉语教材，应借鉴他们的经验，吸收其长处，做到有针对性，体现国别化。其他国家孔子学院所编汉语教材，当然应特别考虑所在国家汉语学习者的特点，真正做到针对性强、本土化。

初心难忘，美好期许

虽然已卸任院长五年有余，王院长对孔院的未来发展依旧关注如初，“立命馆孔院的明天更美好，”院长期许道。他希望今后的立命馆孔院，要在总结自身和兄弟孔子学院经验的基础上，以总部的《关于孔子学院发展规划的建议》为指导，立足现实，谋求长远，因地制宜，发挥优势，突出特色，循序渐进地加强与大学汉语教学机构的合作，更加扎实地开展各方面的工作，以稳健的步伐迈向辉煌的未来。

日本早稻田大学孔子学院

2007年4月12日，在日本前首相、早稻田大学校友森喜朗，中国外交部部长、北京大学校友李肇星等人的见证下，时任中国驻日本特命全权大使王毅代表国家汉办与早稻田大学总长白井克彦共同签署了合作建设研究型孔子学院的相关协议，这标志着全球第一所研究型孔子学院正式落户早稻田大学。

2007年11月12日，早稻田大学总长白井克彦与北京大学原校长许智宏在东京共同签署了两校合作建设孔子学院的执行协议。早稻田大学孔子学院以“早稻田大学—北京大学”为依托，全面开展多项工作：以北京大学为中心从中国各专业领域聘请著名学者为该校研究生开设当代中国问题讲座；面向早大学生和社会人士开设高级汉语讲座和中国思想文化类讲座；派遣从事中国问题研究的青年学者到北京大学开展合作研究；开展面向高级中文学习者的汉语教学法的研究及汉语教材开发；与北京大学相关部门或学者联合举办中国学国际学术论坛，着力培养中国和日本的桥梁型人才。

课程方面，早大孔院面向早大学生开设留学前汉语培训及预备教育课程，并为研究生开设“学术汉语”“近代中日词汇交流史”等课程。同时，孔院每年都开展短期赴华留学进修项目；开设汉语教师培训项目。

学术活动方面，早大孔院每年都与北京大学联合举办《东京论坛》国际学术专题研讨会，并邀请在北京大学、乔治·华盛顿大学、哥伦比亚大学等名校任教的海内外著名华人学者赴日举办讲座；邀请日本国家级电视台 NHK《电视学中文》栏目的中文助教举办“魅力中国沙龙”系列讲座。

早大孔院借助《鸿迹贴》等珍贵史料，与北京大学共同开展在日华人留学生史料调查整理，先后出版了《解读儒教》《了解中国》双语系列读本和《中国近代史研究现状》等学术精品图书。

周程，东京大学研究生院综合文化研究科交叉科学系（科学技术基础论方向）博士，北京大学哲学系教授、博士生导师。兼任中国科学学与科技政策研究会常务理事、中国软科学研究会常务理事、中国自然辩证法研究会常务理事、科学技术与社会专业委员会副理事长、科技方法论专业委员会副理事长等职。曾任东京大学尖端科学技术研究中心科技政策室外籍特聘研究员、北京大学科学与社会研究中心副主任等职。2008年4月至2010年4月担任早稻田大学孔子学院中方院长。

敢为天下先

——专访早稻田大学孔子学院第一任中方院长周程

早稻田大学孔子学院初建于2007年。作为国家汉办全球第一所研究型孔子学院，早大孔院在孔院建设的道路上摸索前进，成效斐然。彼时，北京大学哲学系周程教授是这所孔子学院创建初期的第一任中方院长。

缘 起

提到与孔子学院的缘分，当时北大与早大初建的孔子学院正缺中方院长，恰好周程教授的学术兴趣一直是日本社会的科学哲学、科技哲学，并欲前往日本进行学术思考与资料搜集，于是便申请了自2007年开始为期三年的早稻田大学孔子学院中方院长的职务。

扎根与成长

打江山的开创性工作总是充满艰辛，因为面对的是一片茫茫旷野，一条未知的路径。在周院长这里，不仅仅是担任早大孔院第一任院长的缘故，也是因为早大孔院是当时第一所研究型孔子学院，并无前人的范例可循。众所周知，早稻田大学汉学研究历史深远，其汉语教学基础和教学资源在日本高校中均堪称首位。同时，汉语在早大是最受欢迎的第二外语，具备雄厚的师资力量，因此早大孔院因地制宜，定位为研究型孔子学院，与早大本有的教学资源优势互补。定位如此，一向以汉语教学作为主导内容的孔子学院在早稻田大学的意义到底会有什么改变？要如何定位特殊的早大孔院？什么才是孔院应该达到的目的？这些便是初创者需要思考的问题。

周院长认为，汉语教学只是方法，不是目的，孔子学院的使命是扩大文化交流、促进彼此理解、增强中国文化的软实力、为世界的多元文化尽一份力。既然早大已有足够的汉语教学传统，不需要孔子学院构建汉语教学的系统，那么便应该因地制宜，利用北大丰富的文化、学术养料，思考如何使早大的师生更深入地了解中华文化和当代中国社会，而不应该拘泥于汉语教学，乃至将孔子学院窄化成汉语学校。因此，周院长便设想并实践了一系列计划，包括在早大的硕、博研究生院开设学分制的专业课“当代中国前沿问题研究”，探讨当时日本社会较为关注的中国政治、经济、社会议题，至周院长任职最后一年，选课人数已达 30 人之多，在这些学生中将来就可能有人会成为汉学家或日本社会的中坚力量，对日本社会更深入地理解中国发挥重要作用。期间，早大孔院还承办了研究生、教授到中国的短期留学、研究会议等项目，邀请国际汉学家如哈佛大学的杜维明教授访学，并且时有文化交流活动展开，例如日本能剧和中国京剧的表演与交流。这些深入的文化、学术交流活动，是之前以汉语教学为主要内容的孔子学院少有做到的，因此具有重要的开创性意义。

硕果累累，伴随的是初创者的艰辛。周院长半开玩笑地形容他与早大各方机构的关系是“既要合作又要斗争”。初任孔院院长，周院长发现整个办公室里除了一张办公桌外，什么都没有，今天我们在早大孔院能看到的完备的硬件设施，是周院长与早大校方据理力争而来的。然而，更核心的问题在于中日管理模式与制度的不同，早大采取的是典型的西方模式，将决策机构与行政机构分离，并且有明确的规章制度，执行者只能做规章制度规定能做的事，做了规章制度没有规定的事便是渎职。决策与执行的任务划分一目了然，固然使得各自的权责清楚明白，但从决策到执行却得经过烦琐乃至僵化的程序，而执行层面也畏惧各自责任以外的事务，因而产生了不少麻烦。早大孔院除了中方院长、日方院长共同管理外，还涉及负责实际执行的部门事务局，于是与事务局长便形成了三足鼎立的局势。周院长回忆当时感慨道，在中国习惯的管理模式到了早大碰到了不少阻力。加之早大孔院是第一所研究型孔院，是开创性的举措，也不时要与汉办协调沟通出现的许多新情况，这使得夹在早大校方与汉办之间的周院长感到“焦头烂额”，他开玩笑又有些无奈地形容自己得不断扮演“黑脸”。尽管困难重重，孔院还是在周院长的带领下成长壮大。回望三年孔院历程，周院长十分感谢三方的支持。一是汉办给孔院充足的资金保障，使得他在日三年都没有为资金筹措分过心。二是提及第一任日方院长土田健次郎，周院长充满感谢之情。土田健次郎曾经是北大哲学系的留学生，是北大校友，由于对北大满怀深情，对中国的了解也非常深入，所以对孔院工作非常用心，对周院长也是大力支持。三是北大校方给予了大力支持。周院长提到时任北大副校长、主管孔子学院工作的张国有教授，副书记杨河教授以及其他校领导都对他鼎力相助，不仅支持他创办第一所研究型孔院的理念，还全力提供北大学术研究的丰富资源，协助他主办各类研讨会与学术论坛。

思考与展望

早稻田大学是日本享誉海内外的一所私立大学，不仅对日本国内的政经、文化界有深远的影响力，一直以来在中国也久负盛名，培养了一批早期的中国共产党人，为中国的建设贡献心力，更凸显了早大与中国的密切关系。早大孔院便在这一良好的中日友谊基础上建立并成长。目前，在迈入建院十周年的时刻，回顾早大孔院的开创性工作及其发展，不可不谓之深有远见。孔子学院担负着中外文化交流的使命，不仅要推广汉语教学，还需要从大学的角度出发，从更高规格的学术文化活动出发，帮助优秀的外国青年学子深入理解当代中国，促进交流、减少误解，由交流出发而渐进融合。早大孔院为中日交流的深化铺上了一块基石，也为有志于深层次文化交流的其他孔院树立了典范。

孙建军，日本国际基督教大学博士，曾就职于北京语言大学、（日本）国际日本文化研究中心，现为北京大学外国语学院日本语言文化系副教授。主攻中日近代词汇交流史、在华西方传教士与现代汉语词汇的生成与演变。主编或参与编写《日语会话》《中级日语教与学》《综合日语》（北京大学出版社）等多部日语教材。2012 年 11 月至 2015 年 8 月担任早稻田大学孔子学院中方院长。

不惑季的甘苦与收获

——专访早稻田大学孔子学院中方院长孙建军

“富有吸引力、全新的体验、打开另一种思维。”这是孙院长加入孔子学院的初衷。“人过了四十岁，交友圈就逐渐固定了，而孔子学院就像一个大家庭，来自全国各地的老师，在一个封闭的地方进行培训，大家在相互交流中，打开了自己的另一种思维，并且收获了很多的朋友。”孙院长感慨道。此外，院长的选拔要通过笔试、面试等环节，这对在北大任教多年的孙院长来说，可谓是一种全新的体验。而更为重要的是，虽然孙院长此前在日本学习与工作过九年，但并没有做过管理方面的工作，而这一次作为孔子学院的中方院长，肩负着传播中华文化的使命再到日本，这对孙院长来说，极具吸引力。因此，孙院长欣然接受了中方院长的职务。

开 创

“从一个词打开一个交流史。”文化交流是一个大的课程，中日之间的文化交流更是源远流长，甚为密切。在古代，日本通过派遣使者来中国学习；而近代，中国则通过留学生来学习日本。孙院长在任期间不仅承担日常的行政工作，还结合自己的学术专长，开创性地在早大开设了学分课程。词汇是如何在两者之间借用的？孙院长说，一个词往往能折射出中日文化交流的史实。这种独特的研究视角与敏锐的观察力，让孙院长在早大开设的课程格外受学生们欢迎。孙院长同时兼授四门专业课，都是关于中日文化比较方面的，面向本科生与研究生开设。虽然上课的时间是学生们都不喜欢的早上第一节课，但是选课的人数却不少，并且每年倍增，第三年时，选课人数已达120人。这样的大课堂，没有助手帮助，孙院长回忆说，虽然辛苦，但也十分开心。正是凭着这份对中日文化交流的热爱以及深厚的学术功底，孙院长在任职期间写就了《近代日本語の起源》一书，并由早大出版部于2015年9月出版发行，为中日文化交流及学术研究做出了卓越贡献。此外，孙院长在担任院长之初，就对历史上的清国留学生部产生了极大的兴趣，并组织研讨会进行探讨。清国留学生部是早大专门为清朝留学生设立的部门，众多革命先贤如李大钊、汤增璧等来此学习，探寻救国救民之路。早大保留了这一时期很多珍贵的资料，对这些材料的整理不仅可以加深对革命先贤的了解，更能补充这一时期的历史空白，为中国近代史的研究做出重大贡献。

融 入

“孔子学院是早大身体的一部分，而不是一件装饰。”孙院长对孔子学院与早大的关系做了如是阐述。早大孔院作为一所研究型的孔子学院，已经很好地融入早大的教学体系中，成为其教学体系的一部分，这是一般孔子学院很难做到的。研究型孔子学院与一般孔子学院的差别也在于此，因为从研究的角度出发，可以做更多务实的事情，学术是常青的，因而孔院也就具有更强大的生命力。当然，研究型孔子学院的设立也需要一定汉语基础做支撑。早大汉语教学开始得比较早，并且非常关注汉语方面的研究。粗略统计，在早大每年约有四万到五万学生以不同的形式在学习汉语。早大附中也非常重视汉语教学，虽然我们在此设立了孔子课堂，但是该校本来就有两名老师在专职教授汉语。因而，其汉语水平不言而喻，这也为研究型孔子学院的设立做了很好的铺垫。

沟 通

“一个媳妇对阵四个婆婆。”孙院长用一个幽默而又形象的比喻来形容孔子学院行政方面的工作。早大孔院作为研究型孔子学院的范例，取得了显著的成就，但也不可避免地面临大环境所带来的压力。中日关系的冷暖及国际局势的变化，都对孔院活动的组织与开展产生深刻的影响。在这种大环境下，沟通与交流显得尤为重要。孙院长用“四个婆婆”来形容作为中方院长所需要协调的各方面关系，这“四个婆婆”分别指孔子学院日方院长、日方国际部长、国家汉办、北京大学。在这诸多关系中，与日方院长的关系显得尤为重要，庆幸的是，当时任日方院长的江正殷先生是北大校友，其祖父也是中国社会主义建设的拥护者，因而，江院长不仅对中国文化非常了解，而且对北大、对中国也有很深厚的感情。所以，在很多事务的沟通与交流上，就减少了许多不必要的麻烦。谈及孔院未来发展，孙院长认为孔院的步伐不能走太快，而是要“入乡随俗”，循序渐进，否则就会产生矛盾。孔院是一个长期性的工作，不能急于一时，要协调好各方面的关系，稳步推进，在中外双方合作与交流的基础上，为传播中华文化、促进世界多元化贡献力量。

泰国朱拉隆功大学孔子学院

朱拉隆功大学孔子学院由朱拉隆功大学与北京大学合作共建。2007 年 3 月 26 日，诗琳通公主亲自为孔子学院揭牌，并挥毫题词“任重道远”，勉励朱大孔院担当起推动中泰文化交流发展的重任。自建成以来，朱大孔院始终秉承“因地制宜、突出特色、重点办学”的理念，积极开展汉语推介、学术研究和中泰人文交流工作，设置“走进王宫”泰国王宫官员汉语培训班、移民局官员培训班等课程。此外，孔院还承担了泰国高校及中学汉语教师培训，并在朱大文学院开设了 14 门中文课程，学员多达 700 余人，实现了精英教育与大众推广的有机结合。汉语教材与文教宣传方面，孔院启动了汉语本土化教材和泰国汉语工具书编写项目，编撰了《泰国人说汉语》《汉泰词典》，刊印了《泰国大学生汉语演讲比赛文集》。在国家汉办和驻泰代表处的支持与指导下，朱大孔子学院还承担了中泰文对照版《孔子学院》院刊的编辑工作。

举办高规格、高层次的文化活动也是朱大孔院的一大特色。孔院结合中国传统节日和中泰两国文化热点举办的系列传统文化推广活动在当地有广泛影响，参与人数达万人之多。

朱大孔院以其卓越的工作成绩，先后两次被国家汉办评选为“先进孔子学院”，并被授予“全球示范性孔子学院”称号。

傅增有，泰国朱拉隆功大学孔子学院特邀顾问、原中方院长，北京大学外语学院东语系泰国语言文化专业教授。2007 年 7 月至 2013 年 7 月担任朱拉隆功大学孔子学院中方院长。

甘苦并济的孔院事业

——专访朱拉隆功大学孔子学院中方院长傅增有

2007年春，泰国公主诗琳通主持了朱大孔院揭牌仪式，并为孔院亲自题写“任重道远”四个大字，而负此重任的，正是时任朱大孔院中方院长的傅增有教授。

身心投入，三大实务

“我跟孔院有很深的缘分。”傅院长满怀深情地对我们说。他首先为我们讲述了中泰之间，尤其是北京大学和朱拉隆功大学之间的交往历史，接着由大到小地说起了自己赴任朱拉隆功大学孔子学院院长的经历。傅教授精确地向我们回忆：“朱大孔院于 2007 年成立，我最初三年在孔院是做高级顾问的工作，之后的六年里一直担任中方院长的职务，算下来，一共在孔院工作了九年。”孔子学院的院长不仅要负责教学，还要处理日常行政事务，可想而知，工作十分劳累，因而无人愿意接班，傅院长在最初的三年任期结束之后，又继续接下了这个重担，六年就这样过去了。

“在朱大孔院，我们主要办了三件实事，第一件就是教学，这是孔院工作的核心和基础。”傅院长向我们介绍道。教学内容主要分为两大类，一类是学历教育，主要是给朱大中文系的学生进行教学；第二类是面向社会开设汉语培训班。汉语培训班内部又有不同，高层培训班面向泰国王室，“汉语教育走进王宫，这是全球唯一的特例，既是我们的特色，也是我们的品牌。”傅院长不无骄傲地说。汉语培训班的中层面向泰国国家移民局，初设于 2009 年，次年正式开课。除此之外，还有面向泰国报社、企业、机构等开设的培训班。另外，朱大孔院每年都推荐一批研究生来北大学习，以便切身体会和了解中国的文化。“我自己要给中文系上课，要给王室上课，有时候一周要上 14 节课，虽然很累，但是很自豪。”傅院长看似风轻云淡地笑谈道。

第二项实际工作是教师培训。傅院长告诉我们，在师资培训方面，孔院的更高目标是培养本土教师。为此，朱大孔院支持开办了一个面向全国的汉语教师培训班，受众范围上至大学，下至中小学。傅院长还补充道，孔子学院除了在本土给这些教师提供培训，还常常组织他们到北大来进行更加深入的学习。

第三件实事是紧抓汉语水平考试。汉语水平考试是为测试母语为非汉语者（包括外国人、华侨和中国少数民族考生）的汉语水平而设立的一项国际汉语能力标准化考试，每年定期在中国国内和海外举办，凡考试成绩达到规定标准者，可获得相应等级的《汉语水平证书》。朱大孔院汉语水平考试考点的设立并不算早，一直到2009年以后才切实成立，然而发展却十分迅速，经过六年时间，从最开始几十人的考生规模扩展到了现在的数千人。傅院长指出，汉语水平考试主要有三方面的作用：第一，以考促学，提高学生学习汉语的积极性；第二，有利于评估学校汉语教学的水平，从而促进泰国的汉语教育；第三，可以使世界范围内的汉语教学日趋标准化。

多方支持，成就嘉业

在采访过程中，傅院长向我们详细介绍了朱大孔院开展的缤纷多彩的汉语教学活动。除了汉语教学和教师培训之外，还会在朱大文学院、泰国王宫和移民局定期举办传统节日的相关活动，让学员充分感受中国文化。文化讲座和研讨会的定期举办，为当地学员打开了认识中国文化的大门。为了鼓励和支持学员，朱大孔院还专门设置了针对本科生和研究生的奖学金。朱大孔院中文图书馆的建设，更是真正地将朱大孔院变成了中国文化的集散地。

在回忆这六年间担任朱大孔院中方院长工作的经历时，傅院长尤其强调了一路以来中泰双方提供的大力支持。“孔子学院和一般的校际交流不同，这种交流更加深入当地，建设起来难度更大，因而上级的支持显得尤为重要。我们在外边做事，依靠着我们的国家，我们的学校，和一批一批教师、志愿者的努力。”朱大孔院建立后，中泰双方的校长、书记等多次亲自到访，汉办的协调和北大的支持，是孔院能够顺利运行的两大支柱。2011 年 12 月 24 日，时任国家副主席习近平访问朱大孔院，是孔院历史上的一个重大事件。“习主席的到来非常有意义，这是对泰国汉语推广的很大肯定。”傅院长补充道。

朱大孔院两次被评选为先进学院，中方、外方院长被评选为先进个人，2015 年，汉语水平考试考点被评选为先进考点。这些成就的取得，都离不开各方的协作和支持。

长江流水，常进常新

回顾孔院的成长历程，傅院长认为，孔子学院的建立是中华文化走向世界、宣传中华民族的重要举措。他感慨道：“作为北大人，我做的是汉语推广工作，代表着国家，代表着北大，我觉得很自豪。我们的工作虽然辛苦，但是非常值得，这是能够让我们的人生增添光彩的事业。”

“我觉得孔子学院是一个事业，而不是一个项目。它是中国对外文化交流、让世界走近中国的一个事业，它需要一直办下去，志愿者也好，公派教师也好，都要持续地参与到这个事业中来。孔子学院的事业要像长江之水一样，一波一波，不断向前推进。"

谈到孔子学院未来的发展，傅院长提出，应该积极联合孔院的相关机构和人员，让大家都认识到孔院是一个重要的对外发展战略平台。"我觉得现在是一个提高的阶段，要提高教学质量、提高发展水平，根据每个国家的情况来制定汉语推广模式，争取被纳入所在国家的教学发展体系中。我们应该加强孔子学院的管理结构与学院本身的协调，加强汉办的组织地位，扩大人员规模。孔子学院要走过下一个十年，必须提高质量，完善模式，重视院长和公派教师的选拔。"傅院长认真地分析道。

一所孔子学院的运作水平，很大程度上要依靠中方院长。院长不仅需要有教学经验，还需要管理经验，更要了解当地国家的习俗，对外方平等友好、不卑不亢，注重与外方的关系。与此同时，中方院长要加强同外方院长、校长、教育部等各方的联络，还要注意跟大使馆和汉办的关系。傅院长指出，在管理志愿者和公派教师方面，院长要把老师们当同事、当亲友。院长选得好，孔子学院的水平和质量就得到了保障，所以要加强院长的选拔、院长的培训等，解决现在"院长选不出来，教师派不出去”的问题。

朱大孔院自成立以来，积极开展汉语教学和中国文化活动，不仅活跃了学术氛围，也增进了中泰两国人民之间的相互了解。傅院长从零开始，呕心沥血，见证了朱大孔院的一步步成长和一个个成就，在他的心中，孔院早已不仅仅是一份工作，更是人生不可分割的一部分，也是心中的一道荣光。

韩曦，比较文学与世界文学专业博士，北京大学对外汉语教育学院副教授。长期从事对外汉语教学工作，曾被派往法国、新西兰工作。2015年9月至2017年11月担任朱拉隆功大学孔子学院中方院长。

承前启后，继往开来

——专访朱拉隆功大学孔子学院中方院长韩曦

2017 年是韩曦院长担任孔院中方院长的第二个年头，但韩院长与孔子学院的缘分，却远不止这两年。

2005 年，韩院长被国家汉办派到新西兰担任语言顾问，那时孔子学院刚刚起步，和当地的汉语推广机构合作较多。当时，新西兰的汉语教育也刚刚起步，韩院长在开展工作的过程中，与中文教师协会展开了密切的合作。2007 年新西兰奥克兰大学孔子学院挂牌，韩院长与奥克兰大学孔院一起做了许多工作，彼此的合作和接触非常密切。

韩院长在新西兰从事汉语推广工作的时间长达六年，对于孔院的相关工作十分熟悉。2015 年，在傅增有院长退休之后，韩院长接受北大对外汉语教育学院的委派，到泰国朱拉隆功大学孔子学院担任中方院长。

韩院长既有着对外汉语教学的专业背景，又怀着推广汉语言文化的理念和热情。在采访过程中，韩院长一再感慨，在汉语推广方面，泰国的基础很好，朱大的成绩更佳，这是朱大孔院十年来的工作成果，但韩院长并不以此为终点，而是仍在继续努力。

继承传统

汉语教学一向是朱大孔院的强项，得益于诗琳通公主和王室的支持，孔院的各项教学工作不断进行拓展。朱大孔院常年为王宫秘书厅和公务厅专设汉语培训班，泰国王室对汉语的热情和推崇也深深地影响了普通民众。另一方面，随着赴泰中国游客数量不断增加，用汉语进行交流成为泰国国家移民局的迫切要求，他们主动联系朱大孔院，提出汉语培训需求。对此，朱大孔院“送教上门”，积极服务于泰国移民局，同时也进一步促进了汉语推广。

韩院长指出，西方国家的文化宣传往往主打现代文化，例如德国的文化推广单位，和企业联手，向学校捐赠承载德国宣传资料的汽车，同时积极利用德国的啤酒、香肠等文化符号，产生了很好的效果；而孔子学院以往主打中国灿烂悠久的历史文化，虽然也具有相当的吸引力，但同时也不应忽视现代科技和现代中国文化的传播。

出于这种考虑，韩院长积极促进孔院和中资企业合作，作为联系的桥梁，帮助中小企业与中国银行进行对接，协助他们召集几百个企业的企业家举办推介会，在给企业提供了实际帮助的同时，也紧抓展示、宣传孔院的机会，在会上发放介绍孔子学院的宣传册，让企业了解到孔院能够为他们带来的利益，进一步拓展孔院的工作范围。

同时，朱大孔院借助北大和朱大两校的合作平台，注重培养高端人才，利用和依托两校优势，帮助朱大培养高科技人才，促进中泰科技交流。

泰国到北大的留学生，基本上都由朱大孔院输送，每年通过初选考试，从全泰国选拔 40 名左右的优秀高中毕业生，到朱大孔子学院接受北大招生团的面试。他们中许多人最终来到北京大学学习。

砥砺前行

韩院长认为朱大孔院具有广阔的发展前景，她说：“在十几年前的泰国，华裔学汉语都是违法的，而近几年一下子增长了100万学习汉语的人，师资需求很大，国家汉办每年派出一千多名志愿者教师，这个数量居全球之首，志愿者数量也居各国孔院的前列。”

朱大孔院不在学院本部招学生，而是派老师到朱大中文系教授课程，这也意味着孔院的课程被纳入朱大的教学体系，成为学分课程。另外，孔院还一直给朱大教职工开设汉语课程，采取小班授课，也取得了可观的成果。

在“一带一路”倡议和中泰铁路合作的背景下，每年有800万的中国游客赴泰，带动了泰国旅游经济的发展，泰国民众对汉语的兴趣不断增加，想要学汉语的人也越来越多。

广阔的前景同时也伴随着繁重的工作、各种困难和阻碍。

韩院长回忆，泰方院长有留美经历，英语很好，双方本来可以用英语交流，但一开始的时候，泰方院长在会议、讨论协商的过程中只讲泰语，秘书的翻译不全，也不准确，带来了一些交流上的障碍。如果不能得到泰方院长的支持，孔院的很多工作将难以开展。而韩院长通过积极开展工作，展示出孔院能为泰国、为朱大带来的利益，渐渐打开了局面。

孔院的中方院长承担着“文化使者”的职责和使命，中方院长要统筹整个团队，其中既有本土教师也有公派老师、志愿者老师，院长相当于这个大家庭的家长，想要让大家齐心协力把工作做好，并不是一件容易的事。怎样让孔院的各项工作有序开展，需要认真地思考和把握。

朱大孔院还一直承担着中泰双语《孔子学院》院刊的编辑工作。院刊是介绍现当代中国文化的窗口，每年的年底之前，孔院要定下次年的选题，孔院的很多老师都要参与到编辑工作中来。如何形成相对稳定的作者团队，这是令韩院长头疼的难题之一。虽然院刊的编辑工作仅仅是孔院众多工作中的冰山一角，但也需要投入大量的时间和精力。韩院长一一克服这些困难，为了汉语推广事业，为了不辜负北大的期待，她尽心尽职，不辱使命。

开拓创新

在朱大孔院十周岁生日到来之际，韩院长积极地推动孔院工作更上一层楼。

举办文化活动是各孔院的例行任务，朱大孔院的文化活动除面向朱大全校外，也积极开展和泰国教育部的合作，在中小学的文化中心，利用周末开展中国营活动。

具体到活动内容上，朱大孔院也进行了进一步的探索。在继续宣传推介传统文化的同时，韩院长也在摸索和调查泰国的年轻人喜欢什么样的文化。以往的春节包饺子、剪纸窗花等形式已经不太能满足泰国年轻一代的需求，比较缺乏新意，内涵也不是特别丰富，需要去寻找我国文化与年轻一代的新的契合点。

朱大孔院重视发挥桥梁作用，致力于教育市场与人才市场的对接和信息交流，开拓孔院的新职能。通过筹划招聘会，帮助学中文的学生与中资企业进行对接，弥补了双方信息的空缺。朱大孔院已经帮助上百名中文系学生解决了就业问题，相关的工作还在进一步展开。

以上工作内容有利于发挥孔院的使者作用，让孔院对朱大产生实质性的回馈，帮助朱大将学生输送出去，学以致用，惠及全校的师生。韩院长表示，在不影响孔院工作主旨的情况下，将尽量朝着这样互惠互利的方向发展，不断寻求中方文化推广与泰方利益的契合点。

诗琳通中文图书馆目前藏书两万六千册，最终的目标是藏书量达到二十万册。将诗琳通中文图书馆建成泰国乃至东南亚最大的中文图书资料中心，这也是朱大孔院的工作目标之一。诗琳通中文图书馆基于北大图书馆的支持，其中保存的书籍非常珍贵，但年代比较久远，需要增加近现代书籍，拓宽图书领域。因此，孔院积极和中国出版集团沟通，得到商务、人民、三联等出版单位捐赠图书近两千册。根据汉办的最新政策，建立十年的孔院不能再得到赠书额度，只能申请专项经费。因为运费十分昂贵，韩院长开玩笑说，最好的方法还是再去“化缘”：寻求出版社和其他图书馆的捐赠。

诗琳通中文图书馆也将成为朱大孔院的品牌形象之一。朱大图书馆没有多少中文图书资料，有相关需求的学者则会被朱大图书馆告知：到孔院去找。

韩曦院长表示，朱大孔院还希望为泰国科技人才的培养做一些事情，例如举办科技普及讲座，组织长期交换项目让泰国理工科学生来北大学习等。为泰方提供科技支持，同时发挥我国的当代优势。

以色列希伯来大学孔子学院

2013年5月8日，国家汉办与以色列希伯来大学签署了设立希伯来大学孔子学院的合作协议。北京大学作为承建学校与希伯来大学共同开展孔子学院相关工作，双方于2014年2月签署了执行协议。

希伯来大学孔子学院积极组织中国文化推介活动，积极推动中国汉学文化的传播，打造中、以汉学学术交流互动平台。此外，孔院还将希伯来文化与中国文化进行比较研究，同时重点深入研究现当代中国文化。孔院在所属职能方面深入挖掘，主要工作包括：一、加强中国文化的宣传推介和活动的组织；二、加强以色列青年对中国文化的认知度；三、每年组织以色列学生来华学习考察；四、开展有关中国当代研究的高端讲座，提供有关中国当代研究的学术资源；五、加强中国历史及传统文化研究的学术交流活动。

王宇，北京大学外国语学院希伯来语系副教授。2014—2016年赴希伯来大学孔子学院担任首任中方院长。

汉语之花在中东

——专访希伯来大学孔子学院中方院长王宇

结 缘

位于以色列首都“圣城”耶路撒冷的希伯来大学，是以色列历史最悠久、学术地位最高的综合性大学，享有“中东哈佛”的美誉。随着近年来中以两国沟通与合作的繁荣发展，2013 年春，为增进两国之间文化交流与理解、推进高等教育合作，中以双方签署“北京大学—希伯来大学”合作协议，决定在希伯来大学建立北京大学孔子学院。2014 年 5 月，希伯来大学孔子学院正式揭牌成立，成为北大在中东地区开设的第一所孔子学院，也是北大孔院中最年轻的一个。

王院长与希伯来大学孔子学院结缘在 2014 年冬天。此时的王院长已在希伯来大学学成归国，留在北大外国语学院希伯来语系任教。2014 年春节，王院长接到汉办的通知，邀请她参加希伯来大学孔子学院中方院长人选的面试。在顺利通过考核后，王院长成为这所北大最年轻孔院的首任中方院长，并以全新的身份再次回到了自己留学时期的母校。谈起这段外派经历，王院长笑着说："于我个人而言，能为我的两所母校之间的交流做一些事情，也算是完成了一个很大的心愿。"

因地制宜：孔院发展新定位

希伯来大学的汉学研究发端于 20 世纪 50 年代，历经几十年的发展，已经拥有深厚的学术基础与成熟完备的研究体系，从事汉学研究的以色列汉学家业已具备较强的国际影响力。显然，对于刚刚成立的希大孔子学院来说，以汉语教学为主的传统发展模式已经不能满足双方交流的需要。如何使新生的孔院契合希伯来大学的汉学研究系统，寻找孔院发展的新定位，发挥孔院自身的独特优势，成为希大孔院建立之初至关重要的问题。

“孔院在近些年的发展快速而健康，这期间也经历了许多调整。能够随着当地的需求不断做出变化，是孔院发展令我印象最深刻的一点。”王院长说道。

基于希伯来大学深厚的汉学基础和先进的汉学研究水准，希大孔院选择以建设研究型孔院为发展方向，开发与希大东亚系汉学家之间的合作，把主要精力集中在支持当地汉学研究，促进两校、两国高端学术交流等领域，如支持以色列的《红楼梦》翻译项目、承办两国学者交流论坛等。同时，北大也持续派出各个领域的专家学者前往希大孔院开设诸如“中国经济”“中国的媒体与宣传”等专业水平较高的课程，以满足当地学生希望进一步认识中国社会的需要。

希大孔院这种不同以往的全新定位很好地迎合了当地的需要，并逐渐成为希伯来大学里一个独特的存在。

碰撞与融合

与分布在世界各地的孔子学院一样，增进中外人文交流，推介分享中国文化，使各个地区的人民更好地认识与理解中国，也是希大孔院最重要的使命。而以色列特有的文化环境也给王院长在希大孔院的工作增添了许多特别的经历。

王院长分享了一个有趣的小故事。在筹备希大孔院的成立仪式时，中方人员在邀请函上设计了一个孔子像，却立刻遭到校方人员的反对，原因是以色列当地的犹太教教徒是严格不接受肖像文化的。于是设计者只能放弃这个想法，选取了希伯来大学的建筑剪影作为邀请函上的图案。

这个小例子仅仅反映了两国文化差异的冰山一角。王院长提到，以色列的人口分化较为严重，除了我们所普遍认知的高素质、高学历的聪明的犹太人形象之外，还存在着大量宗教群体。耶路撒冷浓重的宗教氛围，百分之七十以上的宗教人口，使得希大孔院在中国文化的推介中面临着与其他地区孔院大不相同的条件限制。宗教敏感性使中国文化难以进行大规模的公众化推广，在价值观的交流上也需格外严谨。在这一背景下，希大孔院选择了更加“接地气”的路径，开展中小学中国文化日，从展示和传播中国技艺出发，如剪窗花、写书法等，点燃以色列公众对中国文化的兴趣。而这些看起来已经“过气”的简单方式，却在耶路撒冷收获了良好的效果。

在有关中国的现实状况与思想观念的对外传播上，王院长也提出了一个有力的思路：“我们要依靠来此开设课程的专业学者去传播有关中国的真实信息，因为学者是问不倒的——他们有可靠的资料、科学的方法，显然是最具有说服力的。”除公众推广的难题之外，以色列高校的行事风格也常常令王院长和其他孔院工作人员陷入“棘手”的处境中。孔子学院不仅是汉语教学机构，同时也在一定程度上被赋予了中国对外交往的职能，因此受到中国大使馆的重视。而以色列学者有着强烈的学术独立观念，带有天生的自由随性的气质，加之以色列政府与高校之间乏善可陈的关系，使他们不愿与政界发生太多牵连，对稍带政治色彩的活动非常“警惕”。当孔子学院承办大使馆发起的活动时，往往会产生大使馆与希大之间的交流“瓶颈”。此时，王院长和她的同事们就要充当协调者，既令希大的学者们看到中国大使馆的良好意愿，又让大使馆能够更好地理解希大的一些做法，从而使双方的观点得到调和。“发挥国与国之间的桥梁作用，也是我们作为跨文化先行者存在的一项意义。”王院长说道。

感悟：孔院寄语

在耶路撒冷任职两年后，王院长结束了希大孔院中方院长的职务，回到北京大学外国语学院希伯来语系继续任教。谈起自己在希大孔院工作的两年经历，王院长分享了一些自己的感悟。

“我们的孔子学院位于全世界不同的文化圈内，应该更好地去尊重、处理与不同国家之间的文化差异。”王院长认为，孔子学院承载着中国文化走出去的神圣使命，应当时时刻刻去传达我们的善意，传达文化共享的美好理念，而不是给别人留下“灌输”“扩张”的印象。在与对方国家沟通的过程中，要学会尊重差异、入乡随俗，尽量贴近对方的想法。而这一切的前提则是孔子学院的领导与工作人员对当地文化的了解。王院长也特别提道：“倘若能用对方的第一母语而不是英语等第二外语来进行沟通，效果会更好。”

德国柏林自由大学孔子学院

2006 年 4 月 27 日，德国第一家孔子学院——柏林自由大学和北京大学合作建立的“柏林自由大学孔子学院”在柏林成立。学院的宗旨是推广中国文化，促进中德合作，推广汉语教学，促进两国政治、经济、社会、文化等方面的交流。

自由大学孔子学院开设各类汉语课程，积极开展汉语教师培训，并且建立了 HSK 及商务汉语水平考试及培训中心。孔院的活动包括促进中国文化知识的传播、维护和加强中德合作、传播汉语知识，对柏林自由大学的汉学和中国研究提供支持，并推动与中国有关的项目。具体课程包括现代汉语普通话各级会话和语言课程、汉语水平考试备考课程、中文教师进修课程，以及专为对华经济合作、在华停留或旅行做准备的课程。这些课程除语言学习外，国情和跨文化交流方面的内容也占有重要地位。此外，孔院还举办各类特殊专题的研修班，如中国传统医学讲座、周末书法绘画班等。

孔院非常注重加快汉语推广和教学本土化的进程，积极举办各类师资培训，切实为当地汉语教师服务。目前，孔院每年开办 8—10 次不同类型的师资培训课程。该培训自 2009 年 3 月起，已获得柏林教育局的官方认可，可作为中小学教师继续教育的正式培训课程。

除语言和文化课程外，孔院还举办了有关中国历史、文化、政治、经济等方面的系列讲座、展览、电影欣赏和其他文化活动。柏林自由大学孔子学院曾两次被国家汉办授予“先进孔子学院”的称号。

李晓琪，北京大学中文系汉语专业毕业。1984年起从事对外汉语教学工作。曾先后赴美国纽约州立大学、美国明德暑期学校、美国斯坦福大学、法国巴黎师大任教。曾任北京大学对外汉语教育学院院长、北京大学汉语国际推广领导小组副组长、《汉语教学学刊》主编、“商务汉语考试”研发办公室负责人。2006年4月至2014年9月担任柏林自由大学孔子学院中方院长。

十年——开创者的成功与思考

——专访柏林自由大学孔子学院中方院长李晓琪

回顾孔子学院的来时路，柏林自由大学孔子学院无疑是其中最成功的典范之一。作为德国首家孔子学院，在柏林自由大学和北京大学的密切合作与不懈努力下，柏林孔院形成了以汉语教学和文化活动为基础，师资培训和学术研究为特色的发展模式，为促进中德两国人文交流，增进两国人民友谊做出了杰出贡献。来自北京大学对外汉语教育学院的李晓琪教授，曾在柏林自由大学孔子学院担任中方院长工作约九年之久，她的辛勤工作是柏林孔院成功的重要支柱。

携手共进，砥砺前行

“你们就直截了当地问我吧！”采访伊始，李院长就爽朗地打断了我们的开场白，立刻使我们感受到她豪爽、干练的性格，也许正是这样的性格，才能够促成柏林自由大学孔子学院欣欣向荣的发展面貌。她向我们清晰而有条理地总结了柏林自由大学孔子学院成功的三大要素：“按从大到小的层次来说，是学校、学院与基层团队这三者的相互配合、相互激荡，使柏林自由大学孔子学院能够运作通畅，中德两方得以相处和谐。”

李院长首先强调了学校的重要性。“北京大学与柏林自由大学不只是因孔子学院而结缘，两校其实有更悠久的合作基础。在 2006 年创办柏林孔院之时，两校已经有了二十五年的互动交流历史，2016 年是彼此建交的三十五周年，因此孔子学院在柏林自由大学生根有着先天的优势，得到双方校长和校领导的大力支持。例如在孔院草创之初，柏林自由大学就提供了一应俱全的房舍等硬件设备，这就使得工作人员可以将全部的心力用在汉语推广的工作而非琐碎的行政程序上，为孔院的初创期提供了良好的外在条件。”

第二个因素是学院之间的配合。“柏林孔院的德方院长罗梅君教授曾于20世纪70年代在北京大学历史系留学，可以说是北京大学的校友，与汉语、与中国文化有很深的缘分。”李院长在一篇纪念孔子学院十周年的文章《我与罗梅君教授的中文缘——写于孔子学院成立十周年之际》中回忆她与罗梅君教授的会面。“身材修长，精神饱满、目光炯炯”的罗梅君教授亲自来到北京大学拜访，双方商谈了孔子学院创办一事，进行了深入愉快的交流。罗梅君教授对中文充满兴趣，对与北京大学一同创办孔子学院一事怀抱着满腔热情。此时，罗梅君教授是柏林自由大学东亚系教授，李院长担任北大对外汉语学院院长一职，两人都从事着与中文密切相关的工作，因此有着共同的抱负及愿望。

第三个成功的原因在于整个孔子学院的团队配合得当。孔子学院的全部运行，都要依赖这个说大不大、说小不小的团队，孔院事务繁杂，它能够有条不紊地运作、举办各类活动，都与这个团队密不可分。李院长颇感欣慰地说：“孔子学院的老师们工作勤勤恳恳，很少造成办事的麻烦。”

脚踏实地，创新进取

柏林自由大学孔子学院的成功经验中，有一条极具当地特色，那就是德国人的务实精神对孔院人产生的影响。李院长十分强调“务实”的重要性，办事要踏实，不谈空言与虚话。谈到与德国人的合作经验，李院长钦佩他们做事的严谨，正是“言必信，行必果”的办事风格，才能使合作双方逐渐信任与依赖。期间在柏林孔子学院举办了如茶道展示、书法教学、电影放映、学术讲座、乒乓球比赛等缤纷多彩的文化交流活动；为使汉语教学的根基更扎实，孔院向德国教育机构争取到将孔院的语言课程纳入学分的资格，使得孔院的汉语教学受到正式的认可。同时，孔院立足于语言教学，尤其是面向德语为母语的学生的汉语语言教学，中德两方共同合作，编写了一套生动活泼、适于德国人学习的游戏教材，名为《一盒中文》，由于教材内容轻松有趣、形式灵活多样，受到学生的广泛好评。

李院长还介绍了一项柏林自由大学孔子学院的重大成果，那就是由孔子学院主办的汉语教学师资培训已经逐渐融入当地，成为孔院的重要活动。教授中文需要合格的中文教师，因此孔院会不定期地对柏林周边地区的大学、中小学教师进行汉语教学培训。这些受到培训的教师普遍希望取得教育机构的认证，以此获得更多汉语教学工作的机会。认识到这些参加培训的老师们的实际需求，罗梅君教授四处奔走，最终为孔子学院赢得了柏林文化局的认证，使孔院的师资培训有了更坚实的底气，这也是孔院汉语教学在世界范围内开创的先例。

上下求索，继往开来

回首柏林自由大学孔子学院的成功经验与如今面对的持续发展问题，李院长认为，柏林自由大学孔子学院的起点确实比其他的孔院要高，有学校、学院、团队三方面的相互支持，天时、地利、人和三位一体，这是成功的一大主因。但李院长同时提出，对孔子学院定位的再思考，是当下面临的重要问题。

如何使孔子学院在下一个十年健康地扎根？什么是孔子学院的任务？什么是孔子学院应该付诸行动的实务？对此李院长认为，孔子学院不应求快、不应躁进。快速地在世界各地创立孔子学院确实是重大成果，但不求质量只求数量的举动很快就会遭遇很多具体的问题，譬如中文教师遴选与派出的机制，即如何在需求量过大的情况下，确保中文教师的水平？因此孔院的工作应放在更长远的目标之下省视。欲速则不达。然而什么才是孔子学院的目标呢？李院长认为，虽然孔子学院有着发扬中华文化的宏愿，可是最基础、最重要的工作仍然是扎扎实实地教授汉语。语言是文化交流的基础，掌握了语言这个工具，相应的文化互动就会自然产生了，只有这样，孔院的工作才不会被认为是强硬的文化推广。李院长强调，只有在建立了最具体而微的语言基础之后，才能有美好的文化互赠与分享，因此汉语教学在往后仍然应该是孔子学院最重要的工作。

回顾漫漫十年路，作为开路人，孔院完成了一系列重大的开创性工作，为世界各地的孔子学院树立了一个良好的典范。李院长数年来勤恳工作所带来的德国经验是可供借鉴的宝贵资

德国柏林自由大学孔子学院

源，而她对于孔子学院未来的展望与反思更是值得我们更加深入地思考。对取得的成功时刻保持清醒的认知，这是我们回顾历史、展望未来所应有的态度。

西班牙格拉纳达大学孔子学院

为进一步加强中国与西班牙在教育领域的合作，支持并促进汉语教学的发展，增进两国人民的友谊，2006年7月5日，国家汉办与西班牙格拉纳达大学签署了合作建设孔子学院的意向书。2007年6月26日，北京大学与格拉纳达大学签署合作建设孔子学院执行协议。2012年，格大孔子学院被国家汉办评为“先进孔子学院”。

格拉纳达大学不仅是一座名副其实的大学城，亦是西班牙南部知识与文化的中心。北京大学与格拉纳达大学有着二十余年的合作关系，其间双方互派教员，支持两校的语言教学。两校专家合作翻译出版的西语版《红楼梦》，在西班牙乃至拉美汉学界和文化界产生了重要影响。

格大孔子学院开设了汉语标准课程、寒暑假强化班、商务汉语、HSK 强化班及少儿汉语等课程；孔院春晚、中秋诗会和中国主题系列讲座已经成为学院的品牌活动。格大孔子学院扎实加强教学业务建设，所有课程均制定了教学大纲，部分课程列入了所在大学的通选课中，使汉语教学及文化介绍相关课程成为格大学生争相选择的学分课程。孔院还非常重视信息化建设，投入人力物力，建立了汉、西、英多语种网站作为信息发布和宣传平台，得到了多所孔子学院学生的广泛关注。2012 年 4 月，“格大孔院书系”的首部作品《画语录》顺利出版。

范晔，北京大学西葡语系副系主任，西班牙语语言文学博士，马尔克斯授权中文正式版《百年孤独》（南海出版公司 2011 年 6 月第一版）的译者。还译有西语诗人圣胡安·德拉·克鲁斯、塞尔努达、阿莱克桑德雷、希梅内斯等人的诗作，以及阿根廷作家科塔萨尔的小说等。2008 年 5 月至 2010 年 5 月担任格拉纳达大学孔子学院中方院长。

西班牙时光——跨文化的独特存在

——专访格拉纳达大学孔子学院中方院长范晔

格拉纳达坐落在最具西班牙风情的南部安达卢西亚自治区。地中海气候带来的雪山、森林与沙滩使其烙刻着西班牙南部城市的典型印记，深厚的历史文化积淀又赐予它不同于其他城市的优雅与魅力。昔日摩尔人在此建都，留下美丽的阿尔罕布拉宫；著名戏剧家、诗人加西亚·洛尔卡生与此长于此，他创作的《吉卜赛谣曲》等系列作品中都沾染着格拉纳达的气息；而著名学府格拉纳达大学也将它的触角布满全城，让这座城市成为名副其实的大学城。

格拉纳达大学孔子学院就是这样一座混合着典雅与微笑的城市中的一分子，自 2008 年 11 月格拉纳达大学孔子学院挂牌成立至今，经过多年的发展与磨合，已然成功地融进了格拉纳达人的文化与生活。而当我们走近这座孔子学院，回顾其建院历史时，该院第一任中方院长、北京大学外国语学院的范晔老师的苦心经营，展现在了我们眼前。

“我，外方院长，孔院牌子，就是孔院的全部。”

万事开头难，草创阶段往往是一项事业最关键而艰辛的部分，孔院的建设也是如此。范院长回忆起自己初到格拉纳达时的情景，不无幽默地说：“我，外方院长，孔院牌子，就是孔院的全部。”

2008 年 8 月，范晔老师在北京先后通过了孔院中方院长的笔试和面试，成为格拉纳达大学孔子学院的第一任中方院长。当时也正是整个孔子学院的草创期，各个孔子学院都存在着师资力量稍显不足的情况，而格拉纳达尤甚。格拉纳达孔院的中方人员只有院长一人，对应的外方院长也只有一名来自格拉纳达大学的老教授，因而孔院的事务，大到宏观规划、小到细枝末节，都是由范院长在与外方院长的商量下艰苦完成的。

不仅如此，作为格拉纳达孔院的创办者，两位院长并没有相应经验模式可以借鉴，对于这座孔院的定位理解、运作模式都是一头雾水，这毫无疑问对范院长构成了不小的挑战。

“当时双方都不知道怎么做。我到格拉纳达的前几天都住在招待所里，因为对方也不知道怎么安排我，所以我只得自己去找房子租住，当时租房的钱都是自己先垫着，去了几家银行才取出了那么一笔钱付房租。”从他自我调侃式的叙述中，我们也能体会到其中的辗转不易。生活起居问题尚是小事，孔院的成立运作才是压在范院长心头的大事，最初的几个月他都忙于孔院的落地工程。格拉纳达孔院挂靠在格拉纳达大学的现代语言中心，经过多次与外方院长的商讨沟通，学校为其提供了一个半地下室作为活动场地，虽然不是十分理想，但孔院终于是挂牌成立了。

“孔院需要因地制宜，根据地方特色找寻切入点。”

谈及孔院的活动规划与发展，范院长一改此前轻松幽默的语调，十分认真地说道："做孔子学院需要因地制宜，每个地方要根据当地情况做出自己的特色。要在了解当地风俗民情的情况下，找到孔院最恰当的切入点，这样才能被当地居民接受，长久地发展下去。"在范院长看来，格拉纳达最突出的特征就是其多元文化共存的局面，自古以来就生活在文化交流中心的格拉纳达居民对外来文化并不排斥；而格拉纳达大学又是一座历史悠久的综合性大学，并且是西班牙最早开展汉语教学研究的高校之一。基于这两方面的考虑，范院长决定在文化活动方面多下功夫，依托格拉纳达大学的教学资源，以格拉纳达大学的在校生为主要受众开设了相应课程。"对于学生而言，他们有兴趣了解中国文化，但学校课程又有限，因此我们将其开设成学分课程，很好地满足了学生的需要。而对于本地居民来说，也有许多愿意了解中国文化的人，这些课程和文化活动也能够使其对于中国文化有一定的了解。"这种基于当地特色的运作模式经受住了时间的考验，也吸引了一批志愿者和中文教师的加入，孔院在渐渐壮大的同时也形成了相应的教学规模。

西班牙格拉纳达大学孔子学院

“中国文化是丰富多元的活的存在，

是在当下交流中也不断更新和创造的存在。”

在范院长看来，孔院是多元文化交流、展现中国文化的重要平台，它的职责远不止开设几堂汉语课程，展示几项中国民俗那么简单。一国的文化进入外国常常会变成几项固定的符号式表达，也不免存在着一些基于政治和意识形态考虑的选择性筛取，因此打破对于中国文化的刻板印象，找寻中国文化的丰富性与内涵性成为范院长所在孔院进行文化交流的立足点。“中国文化实际上很有营养，它是全人类的精神财富。功夫、剪纸、京剧脸谱固然是我们中国文化中的重要部分，但我们的文化远不止这些，它是丰富多元的活的存在，是在当下交流中仍在不断更新和创造的存在。我们在孔子学院进行文化交流，就是一个丰富文化的过程，双方需要以对话的方式进行文化的传递与交流，而不是一味要求外界了解自己，只进行文化的单向输入，文化一定要用互动分享的方式进行传递和沟通。在这个过程中也可以建立更加完整的文化印象和新的身份认同。”的确如此，文化沟通需要双方彼此尊重对方的文化立场与传统，双方以开放的心态面对可能的差异与误读，而不是强行灌输某种价值观，企图扭转他人对己方文化的理解，这样才能进行有效的文化沟通，提供文化的多元侧面，形成更加客观全面的文化认知。

也正是基于这种立场，范院长于在任期间举办了不少展示中国文化的活动。这些活动不断丰富和延续，成为在这座多元文化共存的城市中传播中国文化的一扇窗，中秋诗会就是其中一项成功的范例。“我到的时候是8月份，临近中秋节，正好是举办活动的好机会，而我们活动的主要场所刚好在大学，办中秋诗会应该是个不错的选择。”范院长旋即找到外方院长进行商讨，但那位老教授认为时间太紧，来不及组织。碰壁之后的范院长并未灰心，在热心中国文化的同事的协助下，挑选质量较好的西班牙诗中译本，寻找感兴趣的老师和学生，挑选场地，确定时间，印发请帖进行宣传。范院长将诗会的地点选在了一个风景优美的花园，中秋之夜皓月当空，众人歌咏吟诵，效果远超预料，不仅有邀请来的大学师生，还有被吸引而来的当地民众。“因为格拉纳达对于文化的包容性很高，当地居民十分乐意进行这一类的文化交流，他们对于前来聆听文化讲座、参加文化活动是习惯性的。”中秋诗会的成功举办也令人们对于中国文化有了更鲜活的了解，中国的“月亮节”以这样独特的方式走进了他们的印象和记忆。此后每当八月十五月圆之际，人们都会参加孔院组织的中秋诗会，这个节日融进了格拉纳达，逐渐成为当地民众文化生活中的一部分。

“对中方院长来说，协调上级指令与推展实地活动之间存在一些张力。”

虽然总体来说，格拉纳达孔子学院的发展令人十分满意，但是谈及在任工作时遭遇的困难阻碍，范院长也深有感触。与西班牙的文化交流机构——塞万提斯学院相比，中国的孔子学院由政府牵头，与外方院校机构合作的方式的确有益处，能够在短时间内全面铺开，开展活动方面免去许多周折；但这也不可避免地带来了一些合作协调的难题。上级的意见往往是从中方总部下达，面对各地孔院下达一致的要求，但实际推展中各孔子学院的规模、方式都存在着较大差异，这样在指令落地过程中往往出现许多困难。范院长曾提议汉办在发布指令时应适度考虑弹性，根据当地实际情况做出适当的调整，这样才能使各地孔院的活动保质保量。

作为孔子学院的中方代表，范院长在任期间出色地完成了院长的各项工作任务；而作为西班牙语的语言文学工作者，范院长也丝毫没有放下其学术工作。《百年孤独》译作的前几章，就是他于2010年在格拉纳达开始翻译的。“学习外国语的优势在于，我们了解对方的文化和精神状态，能够很好地理解和融入当地的生活，找寻与这座城市对话和沟通的方式。”范院长如是说。于他而言，格拉纳达的数年生活既是院长工作的一部分，也是学者体验的一部分，更是他享受生活历程的一部分。格拉纳达之旅于他而言，或许更是一场迟缓中行进的文化之旅。

卜珊，北京大学西葡语系系主任，2010 年 8 月至 2014 年 8 月担任格拉纳达大学孔子学院中方院长。

石榴城的礼物——融入与融合

——专访格拉纳达孔子学院中方院长卜珊

西班牙格拉纳达孔子学院是由北京大学与格拉纳达大学于2008年共同创建的。北京大学外国语学院的卜珊教授，于2010年到2014年连续四年在此担任中方院长。

栉风沐雨，砥砺前行

卜院长作为格拉纳达孔子学院的第二届中方院长，虽然第一届中方院长做了很好的开拓工作，但是各方面的条件仍然亟待完善，许多工作也亟待完成。

卜院长初到之时，孔子学院还没有独立的办公与教学场所，仅是借用了格拉纳达大学语言学中心的两间地下室。在这个总面积约 40 平方米的地下室中，卜院长展开了孔子学院的办公与教学工作。初来乍到，凡事要亲力亲为。卜院长在北大时专心学术，并没有太多行政方面的经验，而所有的工作人员，除了自己，就只有一个秘书。此外，刚开始并没有志愿者的帮助，因而院长自身也要承担教学工作，并且还要负责管理 HSK 的平台，以及各方面的交流与协调工作。人员少而任务又极其繁重，面对困难卜院长并没有退缩，而是不断摸索、学习，承担起各方面的工作，并取得了显著成果。

“建章立制是孔院健康发展的基石”

卜院长在任职的第一年就着手“立规矩”，编写了教学计划、教学大纲以及人事制度等，为格拉纳达孔子学院此后的发展确立了明晰的规章制度。而随着汉语学习人数的增多，孔子学院上课的环境由狭窄的地下室，转为宽敞明亮的大教室，办公场所也有很大的改善。此外，志愿者的到来，也让孔子学院的教学与工作人员的数量开始增加，为其规模的拓展奠定了基础。而最值得骄傲的是，在卜院长卸任之际，格拉纳达孔子学院的学生注册人数已达 600 人，HSK 考试的参加者也有五六百人，这对于一个仅有 30 万人口的西班牙小城来说，是一个非常可观的数字，而所有这些都离不开卜院长的辛勤付出。

春华秋实，硕果累累

格拉纳达孔子学院在卜院长的带领下，不仅在具体工作上取得了可喜的成果，更在推广中国文化的大方向上提供了良好的示范。其充满魅力的学术讲座与丰富多彩的文化活动，吸引了大量的当地人参与其中，为格拉纳达市民打开了一扇了解中国的窗口。

魅力学术讲座

格拉纳达孔子学院邀请专家学者先后举办了十几场精彩的学术讲座，内容涉及中国文化的诸多方面。而这些专家学者主要是北大教授以及西班牙的汉学家。如北大西语系的赵振江教授，他曾经将四大名著之一的《红楼梦》翻译成西班牙语，并在格拉纳达加以校注，然后出版。孔子学院邀请赵教授介绍了以唐诗为代表的中国古代经典诗歌，得到了校方的重视和同学们的热烈欢迎。而从北大毕业的西班牙著名的汉学家芮效卫（戴维 · 托德 · 罗伊），曾将中国古典名著《文心雕龙》与《金瓶梅》翻译并介绍到西班牙，也受邀做了专题讲座，获得了良好的反响。这些讲座集学术性、趣味性、互动性于一体，参与者通过研讨、对话等形式，深化了对中国文化的认识与了解。

当然，这类学术讲座的成功开展，与格拉纳达大学对汉语的重视与支持密不可分。北大与格大的交流近三十年，双方都有深入的了解。格拉纳达大学自 1987 年起在西班牙首先开设中文课程，在汉学研究、中文教育领域拥有雄厚的力量。在孔子学院设立之前，格大就有五六名专业汉语教授。而近年来，随着中国国际地位的提升，越来越多的西班牙学生开始学习汉语，为将来从事中西交流工作做准备，因而汉语作为其第三外语具有良好的基础。而孔子学院在其汉语教学中具有不可替代的作用，其汉语学习者进入高年级后，就转入孔子学院并开始进一步的学习。孔子学院很好地融入格大的教学体系中，并在汉语学术研究方面取得了长足的进展。除了举办系列学术讲座，孔子学院还策划出版了“孔院书系”系列丛书，从文学研究和语言教学两个方面，介绍汉语研究学术成果，为孔院学子深入了解与研究中国文化做出卓越的贡献。

精彩文化活动

举办多种多样的文化活动，是孔子学院推广中国文化的重要举措。世界各地的孔子学院都举办过一些精彩纷呈的文化活动，但将这些文化活动的举办固定下来，并成为当地人的“一种期待”的孔子学院并不多，格大孔院可谓是这方面的先行者。

每到中秋，孔院都会组织教师、学生、当地汉学家和艺术家为社会各界人士带来一场精彩的双语诗歌中秋朗诵会。该活动在格拉纳达著名的历史遗址罗德里格斯·阿科斯塔基金会花园举行。优美的环境，如水的月色，聆听中西双语诗歌朗诵，欣赏中西两国音乐歌舞。人们陶醉在中国元素打造的诗情画意中，融化在中国文化特有的美感与意境中。而春节联欢会也是格大孔院的传统项目。每年春节前后，孔院的师生以中国文化和春节为主题，精心编排节目，舞龙、包饺子、太极扇表演等，每次都让参与者兴致盎然，被中国文化的魅力所征服。

格大孔院以中国重要传统节日为依托，将这些文化活动的举办固定下来，让当地民众对中国文化有了更直观的感受与认知。

换位思考，感动收获

换位思考是卜院长处理人际关系的一种思考方式，而卜院长在工作与生活中，不但做到了“己所不欲，勿施于人”，更能做到“想人所想，急人所急”，设身处地地为他人考虑。格大孔院的志愿者以及其他工作人员，很多都不会西班牙语，而当地英语的普及率也并不高，初来乍到，难免遇到很多困难。卜院长为这些志愿者编写了一本《生活指南》，包括志愿者到西班牙前需要带的东西，在哪个机场下飞机后应该如何坐车，以及月票在哪里买，生病了去哪个医院看等，事无巨细，应有尽有，给志愿者们提供了很大的便利。此外，几乎所有的志愿者与孔子学院的工作人员都在卜院长家吃过饭，一盘水饺，一碗打卤面，异国他乡，不仅是一种熟悉的味道，更是一份难以忘怀的温暖。卜院长回忆说："把这些志愿者当成自己的孩子，出门在外，给予他们关怀，让他们在异国他乡感受到温暖而不是无助，这对他们今后的人生会有很多积极的意义。""师者，父母心"，这句话正是卜院长最真实的写照。

付出总会有回报，真心必能换真心。卜院长在卸任之际，孔子学院的所有人员秘密准备了一场盛大的送别晚会。时值五六月份，孔子学院的事情非常多，汉语桥选拔、访谈讲座、HSK 考试等，各种事情应接不暇。而大家为了给卜院长一份特殊的送别礼物，瞒着卜院长，在百忙之中抽出时间来排练节目。回忆起那段时光，卜院长的脸上洋溢着幸福的微笑。那天早上，秘书早早把她支开。下午她刚回来，门卫大爷"骗"她，让她看一看会场布置的桌椅是否满意。卜院长推开会场门的一瞬间，一曲悠扬的西班牙歌曲徐徐传来，眼前的景象迷离了卜院长的双眼。所有的志愿者、工作人员以及学生，每人手捧一本歌谱，吟唱西班牙赞歌。惊喜伴随感动，四年间的一幕幕涌上心头，所有的一切都在那一刻化为幸福的泪水，涤荡着彼此的心灵。时隔两年，卜院长想到这里依然感动不已，也许正如卜院长所说，在孔子学院这四年的时光是“痛并快乐着”，许多事情值得用一生去回味、珍藏！

一路同行，我思我悟

卜院长在格大孔子学院工作的四年，也是孔院茁壮成长的四年。四年时光，格大孔子学院经过了“懵懂的童年”，长成了“翩翩少年”，卜院长作为它的“监护人”，在各个方面都有很深的体悟。

卜院长说：“交往是一门艺术。作为孔子学院的中方院长，走出国门，代表的就是中国形象。在与外方的交流、对话中，既不能一味妥协，也不能过于强硬，而是要做到不卑不亢。合理的问题一定要据理力争，原则性问题要有所守护，不能让步。”初任中方院长之际，格大孔子学院的毕业证书上，只有国家汉办与格大的徽章，而没有北大的徽章。卜院长认为，格大孔子学院是格大与北大共同创建的，北大的徽章不能缺失，因而向外方反映并要求解决。此外，当时孔院的毕业证书上，只有外方院长签字，卜院长认为这有违平等公正的原则，据理力争，让中方院长得到应有的对待。“不是一味地妥协忍让，就能获得所谓的良好交流。相反，当你为合理的问题据理力争之时，才是外国人最欣赏与最敬佩你的时候。”

“想的时候可以壮志凌云，做的时候一定要脚踏实地。”这是卜院长对孔子学院发展的建议。孔子学院作为国家推广中国文化的媒介，前进的脚步不能太快，应该更加侧重“质”的投入，而不是追求“量”的积累。世界各地看待孔子学院的眼光不一，各个地方的包容性也不尽相同，有些地区甚至认为“办孔子学院，就是把自己家的全家福，挂在别人家的客厅里”。面对这些质疑与不友好的言论，如何能让孔子学院达到预期的效果，是值得我们深入研究与思考的课题。孔子学院是一个长期性的规划，所以我们前进的步伐不能过快，应该深入各地实际中去，在深入了解的基础上，逐渐前进，让中国文化散发出它真正的魅力与光芒！

俄罗斯莫斯科大学孔子学院

为巩固中俄教育领域的合作，促进和发展俄罗斯的中国语言与文化教学，加深两国人民的相互理解和友谊，2007 年 9 月 6 日，国家汉办与莫斯科大学签署了合作建设莫斯科大学孔子学院的协议。莫斯科大学孔子学院的中方合作院校为北京大学。

莫大孔子学院开设了基础汉语、中级汉语、汉语视听课、中医班和儿童汉语班等课程，累计学员达 1600 人次；除常规汉语课程外，孔院还开设了商务汉语及社会政治汉语等课程，并举办了汉语和中国文化讨论会等活动；孔院组织的中国人物摄影展、中俄文化节、汉语知识和中国文化知识竞赛等文化活动也在当地产生了一定的影响力。

郑明秋，1971年入北京外国语学院俄语系学习，1975年2月毕业留校任教。主要从事基础阶段教学，承担俄语实践课、阅读课，编纂《电视俄语》（上下册）、《俄语教学参考书》（共3册），参与完成教育部专业目录的修订工作（外语专业部分）。自1999年起担任全国俄语教学研究会副秘书长。2014年11月至2018年11月担任莫斯科大学孔子学院中方院长。

伏尔加河畔的畅想

——专访莫斯科大学孔子学院中方院长郑明秋

莫斯科大学孔子学院自 2007 年成立至今，满载了十年的收获，带着新的梦想前行。作为莫斯科大学的中方院长，郑明秋院长表示，两年多的孔院工作让她学会了多角度看待以往经验，对孔院未来也有了自己的判断、分析和思考。

稳抓纲要，持续发展

在 2016 年底昆明全球孔子学院大会上，时任教育部副部长郝平在报告中提出了孔子学院未来发展的三个重点方向：质量、双向、管理。作为莫大孔院的中方院长，郑明秋院长对此十分赞成，因为这正是近几年孔子学院所极力呼吁的方面，完全符合俄罗斯孔子学院建设的实际情况，相信全球情况也大体相同。

郑院长的体会、期待和努力是，尽可能将这一理念覆盖至莫大孔院的所有工作中。质量不仅包括教学质量、师资质量，也应包括文化活动质量、管理质量、服务质量；双向不仅是孔子学院管理者、教师的双向交流，也应该包括文化活动中的中俄参与者的双向性，体现文化交流的相互借鉴和双赢；管理不仅是文件管理，更要做好区域国别管理，各方沟通，也包括对人的依法依规管理等。郑院长近两年在这些方面做了许多尝试，取得了良好效果。

理智审视，精准定位

定位的重要性在于它决定了做什么和如何做，郑院长认为这是孔院可持续发展的基础。研究定位的过程既是中外双方磨合、彼此了解的过程，也是默契合作的前提，因此必须理智，不可草率。如何做到理性定位，关键要看孔院是否足够掌握所在国的国情，孔院的工作任务和自身条件对上述三方面信息以及相互契合度是否有详备与客观的分析、研究和判断，并与外方达成共识。

莫大孔院的成长饱含中俄双方十年的磨合，关于定位的考量则始于2015年。那一年，莫大孔院编纂了中俄双语版俄罗斯孔子学院工作手册，这是提供给俄罗斯地区所有孔子学院中外方院长的工作手册，内容包括总部对孔子学院的工作要求（如何开办孔子学院，工作范围以及包括预算、决算在内的详细内容）；俄罗斯孔子学院汉语教学及文化活动开展的原则建议；俄罗斯孔子学院在俄的法律地位及隶属模式；俄罗斯相关法律法规和中俄政府涉及孔子学院的相关文件；孔子学院中方人员来俄手续以及在俄涉及的俄罗斯劳动法、教育法、税法、移民法等相关条款；俄罗斯孔子学院中俄双方院长分工合作的原则建议；汉办总部对中方人员的相关要求。

找准定位，继续前行

在俄罗斯孔子学院工作手册的编纂过程中，郑院长查阅和翻译了大量俄罗斯的法律法规资料、汉办资料及管理规定。这些工作让郑院长清晰、全方位、深入认知了俄罗斯的国情、汉办工作以及莫大孔院的自身条件，通过分析找到了三方的“切合点”，即莫大孔院的定位是汉语教学为主，树立本土教学品牌，适度开展文化活动，服务北大、莫大和当地需求。支撑该定位的原则是质量第一，以人为本，双向原则。俄方赞同以上思路，因此中俄双方院长能够“心往一处想，劲往一处使”。

郑院长表示，感谢汉办对其工作给予的极大支持，感谢这个开放进步的交流平台，感谢中俄双方校领导和同仁的理解与帮助！可见可感，郑院长的赤诚之心陪伴着莫大孔院不断发展，孔子学院的凝聚力也推动着中俄友谊持续向前。

英国伦敦大学教育学院孔子学院

由北京大学承建的英国伦敦大学教育学院（IOE）孔子学院揭牌仪式于 2013 年 5 月 17 日在伦敦举行。IOE 孔子学院的前身是英国专长学校联合会孔子学院，2012 年英国专长学校联合会机构调整，学院转至 IOE。

IOE 孔子学院为英格兰中小学校提供汉语教学支持，并在全国范围内开展与中国相关课程的咨询。截至目前，IOE 孔子学院在英格兰地区建立了 45 所孔子课堂，国家汉办每年向这些孔子课堂派遣教师从事汉语教学工作。在北大的 10 所孔院中，IOE 孔子学院是其中唯一一所基于中小学的孔子学院。

IOE 孔子学院的主要项目包括支持 45 家孔子课堂及其万余名注册学生的语言学习，举办年度中文教师会议、建立国际伙伴学校关系，发展教学资源及研究，组织学生访华夏令营项目，并积极寻求与教学认证机构的合作。

祝会青，北京大学附属中学外事办主任，2007年9月至2008年9月担任IOE孔子学院中方院长。

一往无前，张弛自如

——专访伦敦大学教育学院孔子学院中方院长祝会青

第一个吃螃蟹的人——与孔子学院的情深缘重

作为英国伦敦大学孔子学院的第一任中方院长，谈及与它的结缘，祝会青院长毫不犹豫地给自己下了个定义——第一个吃螃蟹的人。的确如此，祝院长从孔院草创之初就已经开始为其贡献力量。作为开疆拓土的尝试者，在任期间她从无到有，从零到一，为学院的发展打下了良好的基础。

早在2008年北大附中酝酿建立英国伦敦大学孔子学院计划之初，时任附中外事办主任的祝老师就已经作为工作人员参与了孔院的筹备，推动并见证了这座孔子学院的诞生；而等到2009年孔院方案正式落地、校方开始选派中方教师时，祝老师则当仁不让地成为第一批中方教师的负责人。“当时伦敦大学孔子学院的简称还不是IOE，而是SSAT，也没有中方院长一说，下达任务的时候我是作为10名外派教师的协调员参与进来的。后来是因为协调员工作受到了双方认可，我才收到了汉办发出的正式任职涵，成为第一任中方院长。”祝院长回忆起自己初担大任的情形，感慨中带着些“忆往昔峥嵘岁月稠”的难忘。

初创的SSAT孔子学院正如一个稚嫩的婴儿，内部的各项规定与制度既不成熟也不完善；而作为孔院的首批外派教师，团队也没有任何成功经验可以借鉴，一切事项都需要通过自主地摸索和尝试来完成。而这些重大事项的管理与决策，则统统落到了祝院长肩上。正因如此，祝院长不仅要承担教学任务，还要与外方院长协调，宏观把控孔院的正常运作。这一期间，与外方院长沟通、走访当地孔院开设的各个孔子课堂、分析孔院的资金运作情况等切实活动成为祝院长初期的工作重心，这也让她对孔子学院的理解从理论走向实践，从粗浅转为深入。而在全面熟悉孔院的落地状况后，祝院长便开始着手进行学院的切实建设。

“虽然是草创，但我们绝没有像草台班子一样敷衍了事。”一向温柔款款的祝院长谈及作为中方院长的责任与义务，语气中尽是坚定与干练。俗话说，万事开头难。作为伦敦大学孔子学院的首任掌门人，祝院长可谓圆满地完成了任务，将孔院的发展带上了快速发展的轨道，给继任者开了个好头！在团队的努力下，孔子课堂也如雨后春笋般竞相冒出，截至 2017 年，更名为 IOE 的伦敦大学孔子学院已经成为北大 10 所孔院中招生人数最多的孔院，也屡次获得“全球示范性孔子学院”的殊荣。2015 年习近平主席在出访英国期间也专程参观了当地的孔子学院并慰问了工作人员，这无疑是对孔院取得的成果的巨大褒奖，也是对从祝院长以来历任为传播中华文化不懈努力的孔院工作人员的莫大嘉赏。

英语母语区的汉语热——中西文化的交流、交锋与交融

不同于歌德学院、法兰西学院、塞万提斯学院等其他世界范围内的文化推广机构，孔子学院在建立之初就有着国家汉办

的支持和规划，在推行的力度与广度上都更加系统、强大；也正因如此，孔子学院在推广之初或多或少地面临着部分人的质疑，被视为文化输出或是文化入侵的工具。面对这些质疑的声音，祝院长摇着头斩钉截铁地说："孔子学院是分享和展示，绝不是入侵和灌输。"

面对这种文化交流中的误解，祝院长表示十分理解。她说，任何一个从事跨文化交流的人都会进行换位思考，我作为一个中国人，处于文化的传播方，当然不认为这是一种有目的的文化输出或是文化入侵；而作为接收方，他们顾忌到文化接收过程中可能存在隐性的意识形态和价值观的输出，也不是没有道理。这与我们的推广方式有一定关系，我们初步推进时姿态有些高调，可能无形中给对方带来一些压力，造成文化入侵的误解。

但对于这种误解，祝院长持否定态度。在她看来，任何一种文化进入异域视野都必经交流、交锋与交融三个阶段，在互相交流中发现异质与分歧，由此带来交锋，最后两者求同存异，和而不同，完成文化的交融。"经过这些年的实践，足够证明我们的确是抱着友好的态度进行文化交流的。"祝院长对于温厚精深的中国传统文化有着巨大的文化自信，同时也相信自身强大的主观能动性。“当他们真正开始接触中国文化，真正接触中国人的时候，他们就会发现中国传统文化是极其温和友善的。在实际交流中我们展现的也是中国文化中不急不躁的一面，用切实行动来证明的目的并不是想说服你们，而是重在文化感受与体验，着力体现中华文化的美感与智慧。”

以语言为媒介的文化交流本就该是一个润物无声的过程，孔院老师在实际工作中表现出的友好态度打消了家长和学生们的质疑，他们开始抱着一种主动热情的态度欣赏中国传统文化。孔子学院的课堂在他们眼中更像是一个‘After-school Club’，是自主选择的选修课程。“孩子们认为可以近距离接触中国文化的这个机会挺难得的，所以他们愿意选修这门课程，同样，也没有感受到任何强迫与压力。”正是在这种友好氛围中，更多的英国孩子愿意到孔院学习汉语、领略中国文化之美；他们的高涨热情也引起了当地媒体的关注，当地报纸在报道孔子学院引发的汉语学习热潮时甚至用了“英语母语区的汉语热”的说法，这种高度认可及接纳的态度令祝院长满足又欣慰。

我们曾经一起成长——旅英工作生活的张弛与收放

谈及担任中方院长期间遇到的挑战，祝院长并没有过多地倾吐不满，她反而十分享受接受挑战与战胜困难的过程。她相信事在人为："对于孔院发展中的困难，我觉得还是要看中方院长到底应该承担什么角色，要在多大程度上担负起孔院的责任。顾虑和准备得放在出国前，到了当地，就放下包袱一股脑地开展工作。英国人做事情十分严谨，我的个性也是做一件事情就一定要做好。所以我并没有觉得过程中有不能解决的问题，只有解决过的问题。"

面对有些地方的中方院长在海外常常面临权力架空、无从落手的情况，祝院长一针见血地指出了中外方院长开诚布公、互相信赖的重要性。她反复称赞 IOE 的英方院长杜可欣（Catherine）："杜可欣对于孔子学院的事务有特别大的热望与耐力，我们坦诚地信赖彼此，孔子学院的年度计划、活动以及预算对于双方都是公开透明的，她也十分支持我的工作。"祝院长用"舒服"二字概括两人的合作过程，也正是因为她们的默契配合，孔子学院的各项工作才能有条不紊地推进和深入。

任职期间，祝院长结识了不少英国朋友，杜可欣便是其中重要的一位。即使卸任之后她们还是往来密切的好朋友，旅英时期杜可欣就经常将祝院长请到家中，而后每当杜可欣来京参与孔院会议等事务时，祝院长也会尽地主之谊邀请她来家做客。此外，祝院长和同去的各位汉语老师也有着深厚的友谊，她幽默地称他们为一群革命战友，“我常跟他们说，我们曾经在一个战壕里工作过，现在依然是战友。”

在英国的一年里，祝院长很好地调节了生活与工作的关系。她并没有将独居生活视作孤独，反而享受静下来的过程。“慎独”成为她在旅英期间的生活方式，她利用这些时间回顾、思考和总结，享受了忙碌生活后的一段宁静的沉淀。但是涉及工作，她又像一根上了发条的时钟般没有丝毫松懈，不仅宏观地推进了孔子学院的发展，在具体的教学过程中也付出了很多努力。

“因为是依托学校进行辐射式教学，所以 IOE 孔子学院的学生年龄跨度非常大，从一年级的小朋友到通过社区中心报名的成年人。我特别喜欢年龄小的孩子，每次去教小朋友的时候，脚步都是轻盈的。虽然课堂设计需要动脑筋，但是获得的回应是十分热烈的。当然还有一些较为严肃的考试辅导教学，像是中学毕业考试中的选修课，在教学上无疑会形成一定压力，但是这并不能成为我们的教学障碍。只要是真有水平并且真心相待，任何孩子都能体会到我们的苦心。”

正是因为这种享受其中的态度，祝院长海外的中方院长生活显得张弛有度、收放自如，得到的收获也远远超出她的预期。

在优胜劣汰中形成良性循环，资源一定要匹配当地需求——展望与思考

回顾孔子学院 11 年的发展历程，祝院长特意提及 2014 年芝加哥孔子学院关闭的新闻，她认为这是孔子学院内部优胜劣汰的结果，并没有太多惊讶。她说道 :“真正能在这十几年中留下来的，一定是中外双方在文化交流中获得了双赢局面的孔子学院，否则双方都不会有动力和耐力做下去。”祝院长认为孔子学院经过十几年的探索已经有了良好的基础，在世界各地形成了良性的合作发展模式，因此前景一定是光明的。但同时她也反复强调资源的匹配问题。

“发展的速度一定要与相应的资源匹配，这样才能确保孔子学院良性、健康地发展；国家提供的资金、资源配置能否落到实处并被高效利用也是亟待考虑的问题。只有汉语教学在当地存在需求，我们的孔子课堂才能落到实处，也只有这样才能把我们有限的资源进行最大化利用。”祝院长十分重视文化交流的效率，因此她认为只有做到资源与需求的匹配才算是把钱花在刀刃上，获得事半功倍的效果。

同时，祝院长也十分强调对中方院长的培训与筛选。在她的理解中，中方院长承担的责任是重大的。他们的自身定位往往影响着整个学院的发展轨迹。“中方院长不仅作为中方的协调者，更是沟通中外的桥梁与支柱，因此需要拥有强有力的沟通和交流能力，成为一名合格的跨文化使者。”

十年过去了，在祝院长心里孔子学院早已不再是一个工作单位。回忆起在英国的时光，祝院长仍心有感慨。“在英国的一年对我来说有历练，有成长。不管是个人能力还是价值观都有了很大提升，还是挺有成就感的。”长达数年的苦心经营让她对于孔院有着别样的深情，孔院成为她时常惦念牵挂的地方。因此在卸任之后，祝院长连续数年都主动担任了孔子学院中方教师的考核官，也时常担任在任中方院长的“参谋官”，她用自己的方式维持着与孔院的亲密联系。“我也算是为孔院、为中国文化传播做过一些小贡献了。”祝院长说这句话时脸上洋溢着幸福和满足，也让我们为之动容。

马燕，英语高级教师，《高考》杂志社学科主编。有多篇文章发表在《中国教育报》《中国考试》《北京教育》等报刊上。2008年9月至2009年9月担任IOE孔子学院中方院长。

润物无声，牵手英伦

——专访伦敦大学教育学院孔子学院中方院长马燕

在两个小时的采访中，马燕院长向我们提及频率最高的一个词语就是“传教士”。虽然已经离任六年多，马院长谈起当时的经历依然像昨天发生的事情一样。她第一次接触孔子学院是在2008年，当时国家汉办需要选派十位中学教师来担任五所孔子课堂（面向中小学生）的教学任务。当时在北大附中担任英语教研室主任和备课组组长的马燕老师主动提出要参加这个项目。

“我认为，英语老师一定要走出去。”马院长说，“在孔子学院项目以前我们也通过UBC一类的项目派老师出去，但这个项目不同，我们是主人。”经过几轮严格的筛选后，她作为中方院长进入了最终的选派名单，和另外九位来自京津不同中学的老师一起承担起第二届孔子学堂的教学和管理任务。也正是在这时，担任孔院院长对她来说“有一点像传教士”了。

马院长多次向我们强调传教士精神的重要性，她认为孔院教师固然是一份工作，但仅仅将它视为一份工作是远远不够的。如果没有奉献精神，工作的质量是无法保证的，也会违背设立孔子学院的初衷。

“这份事业很清苦，”马院长很骄傲地解释说，“但孔院代表一种精神风骨，是为了传播中国文化，让外国人知道‘你好’的意思。”

Tai-chi Lady

尽管身为中方院长，马院长同时也要承担授课的任务，甚至由于她主动承担了很多选修课，她的教学任务比大部分教师要更加繁重。“我喜欢教课。”马院长很真诚地对我们说，“再说，我来英国就是为了干活儿，我当然愿意多干一些。”在温莎小学，马院长在本来分配的课程之外又主动申请多开课程。

最后，她给一年级到六年级都开设了选修课。

马院长教授的课程有很多种，一到三年级开设的是必修课，包括歌曲和简单的对话；四到六年级开设的则是兴趣课程（after-school class），包括太极扇、太极拳等。

“其实都是现学现卖。”马院长笑着说，“太极拳是汉办培训的，但学生好像更喜欢太极扇，我就去学。太极扇我完全是自学的，然后再教给学生。”马院长的太极扇课程特别受学生欢迎，她被学生们称为“Tai-chi Lady”。在学期结束的时候，她还组织所有选修太极扇课程的学生对家长们进行了成果展示。尽管组织过程很艰辛，需要协调场地、人员和其他种种琐事，但她还是坚持办了下来。“这让我感到很自豪。”她说，“能在半年时间里把这场教学汇报展组织得这么井井有条，证明了我们孔院老师的能力。”

马院长还津津有味地说起她收过的几个“弟子”。这几位学生跟着马院长学会了太极拳和太极扇，又跟着她去其他学校巡演、教学。“我根本不用上场，这些弟子们就会跟那些小朋友讲，每招每式是什么样的，要怎么打。有一次到了一所犹太学校，弟子们的表演特别受欢迎，学生们不得不表演了三遍，才让全校所有年级的学生都看了一遍。”

临时家长

孔院的许多老师都很年轻，孤身在外难免有遇到不顺心的时候，因此马院长常常充当“临时家长”的角色。

马院长告诉我们，在国外可能会遇到很多困难。“我那时有一部专门用来工作的手机，电话打过来，我就听他们诉苦，有时一个电话要打一个多小时。”

困难形形色色、不一而足，有时会因为沟通不畅在食宿上被外方为难，有时会有老师生病，有时甚至会面临资金短缺的问题。马院长说，孔院老师很多都是刚刚毕业的学生，中国人有报喜不报忧的传统，出门在外跟家里倾诉也是徒增担忧，况且没法解决问题。这时老师们首先想到的人就是马院长，而她每次也都竭尽全力地倾听、沟通、协调。“这个项目草创之初，可能有很多地方在合同里没有写到位，或者不够周全、完善，而我的任务就是不让老师们吃亏。”

尽管已经时隔多年，马院长对孔院的关注一直没有减弱。她对于孔院的迅速发展很是喜悦，但同时，也对孔院曾经和现存的一些问题感到忧虑。马院长举例说："中方院长不具有财务管理的监督权，这让我们在很多事情上很被动，但这一管理框架至今也没有改变。"此外，马院长还提出了吸收民间机构的力量、注重派出教师水平等多条建议。"在任时对这项事业投入很大，"马院长笑着说，"所以直到现在都觉得跟孔院感情很深。我也一直关切孔院的发展，并希望她的明天会更好。"

李夏，北京大学附属中学初中英语老师，曾被评为海淀区五四先进青年，校评优秀课一等奖、优秀教师。2010 年 12 月至 2011 年 12 月担任 IOE 孔子学院中方院长。

各美其美，美美与共

——专访伦敦大学教育学院孔子学院中方院长李夏

李夏院长是英国伦敦大学孔子学院的第三任院长，在前两任院长所做的规划和铺垫的基础上，李院长在任时主要致力于孔子学院规模的扩展上。提及自己的经历，李院长向我们概括道，这是一份并不轻松的工作。

多彩活动，让交流更深入

“我们所说的孔子学院，在中小学阶段一般称为课堂，到大学阶段才称为孔子学院。”李院长首先明确了孔子学院的概念。在英国，孔子学院的主要任务是进行文化推广，内容包括协助学校的汉语老师教学、开展多种多样的文化活动等。英国学生上汉语课有指定的教材，孔子学院的老师们主要是协助当地的老师，对汉语学习存在困难的学生进行辅导与帮助。

至于文化活动的开展，孔院针对不同年龄阶段的汉语学习爱好者，设计并开展了一系列多姿多彩的相关活动。李院长向我们介绍说："针对中小学生，我们主要开展折纸、剪纸、太极拳等趣味性的活动，而为年长的中国文化爱好者开展的活动就相对比较深入，比如练习书法等。除此之外，在学校的日常课外活动中也常常会举办包饺子、品尝中国菜等饮食文化方面的小活动。"

孔院主办的文化交流和学术论坛活动颇有成效，受到了海内外各方的关注。2015 年 10 月 22 日，国家主席习近平在伦敦出席全英孔子学院和孔子课堂年会开幕式，参观了全英孔子学院和孔子课堂成果图片展，并观看了孔子学院和孔子课堂学生的汇报演出。

因材施教，用兴趣指引

孔子学院作为汉语国际教育机构，工作的中心始终是以教学为主。李院长说，在担任院长的这段时间里，她感受到了中英两国学生之间存在着较大的差异。伦敦大学孔子学院与当地的中学有一对一的交流，这些中学生给李院长留下很深的印象。“拿北大附中和英国中学来说，两所学校都是本国很好的中学，对学生的要求也都很高。但是英国学生学习汉语与中国学生学习英语有着非常大的差异。在中国英语是中国学生的必修课，学生为了考试、升学、就业，必须努力学习英语，这是硬性要求。而在英国汉语则是学生们的选修课，他们选择这门课的原因也是多样的：有些学生的家人会说汉语或者与中国有渊源，所以选择学习汉语；而有些则是因为朋友选了这个课程，自己也跟着选；也有些学生是出于对中国文化的喜爱。但因为是选修课，不存在升学与就业方面的压力，所以英国学生对汉语的重视程度也没有中国学生高。”

在这样的情况下，李院长和孔子学院的老师、志愿者们，选择了因材施教，用兴趣做指导的方式。没有硬性的分数要求，教学的重点更侧重学生的兴趣和爱好，用更加合适的方式，让当地的学生能够对汉语、对中国文化产生兴趣，了解到一些更深入的文化内蕴。

以协代帮，争取话语权

初到英国，肩负着推介中国文化的使命，李院长对孔子学院的工作怀抱有很多的规划与设想。但在工作的开展中，一系列问题与困难接踵而至。“中方主动性太强，在各方面反而会受到很多制约，因而许多规划与设想没能按计划进行下去。”正在李院长失落与迷茫之际，北京大学对外汉语教育学院的赵杨教授对她说：“孔子学院的作用不是帮助，而是协助。”这样简短的一句话，让李院长瞬间在迷雾中找到了方向。的确，文化的“软植入”是一个对外方来说非常敏感的话题。“虽然我们秉承着让世界人民增进对中国语言文化的了解、促进世界多元化的理念，但国外还是对这类文化活动非常谨慎，因而在我们的工作中，对于‘度’的把握非常重要。我们的态度既不能太强硬，也不能太软弱。”李院长指出，要用合作与交流的态度，加强双方的了解，增进彼此的信任，只有这样才能使工作顺利开展。而这一切，都是需要亲身的体会和相当的时间去了解和熟悉的。

“话语权很重要。”这是李院长在谈及担任院长收获时，反复重申的一句话。“英国人非常礼貌与友好，但同时内心也非常高傲。历史因素带来的外界对我们的偏见并没有完全消散，尽管中国的综合国力不断提升，可我们依然难以把握住话语权，因而孔子学院的工作中有着太多的被动性。”李院长在这样的现实面前，依旧保持着坚韧的本心。“也许涤除这种偏见需要很长一段时间，离我们真正掌握话语的主动权也还有很长的路要走，但在此之前，我们要给自己找到正确的定位。”

伦敦大学教育学院一直与中国高等教育界保持着密切的联系，孔子学院的成立更加深了双方的交流。孔院院长和老师们为介绍中国文化、沟通人民心灵、搭建友谊桥梁倾注了大量的热情和心血，取得了辉煌的成绩。与此同时，我们也应该意识到，在中国文化“走出去”这条路上，我们依然身负重担。面前的路还很长。

林芳华，北京大学附属中学语文教师，2013年赴英国伦敦大学教育学院孔子学院任教，并于2014年9月至2016年8月担任UCL教育学院孔子学院中方院长，在任期间参与了英国“中文培优计划”的申请与实施。

[illegible]，北京大学[illegible]教授[illegible]

[illegible]

2014年9月至2016年8月[illegible]

[illegible]

[illegible]

孔院·邂逅

——专访伦敦大学教育学院孔子学院中方院长林芳华

相识：如遇故友

英国伦敦大学教育学院孔子学院（以下简称IOE孔子学院）是全球第一家以支持中小学汉语发展为宗旨的孔子学院，下设45个孔子课堂，连接英国一百多所中小学，教学范围覆盖英国各地，其前身为创立于2007年的SSTA（the Specialist Schools and Academies Trust）孔子学院。2013年5月17日，IOE举行了隆重的孔子学院揭牌仪式，在国家汉办和北京大学的支持下，继续致力于在英格兰地区中小学校开展汉语教学和文化推介活动。

林芳华院长与英国伦敦大学教育学院孔子学院结缘于

2013年，彼时林老师作为国家公派汉语教师前往孔院教授中文。在此之前，伦敦大学教育学院孔子学院的中方公派教师往往都是在国内教授英语的老师。正因如此，作为这所孔院第一个有着语文教学背景的中方教师，林院长从一开始就怀着比常人更为强烈的汉语情怀，她希望将自己所了解的汉语知识和中国文化，分享给不同语言、不同文化的人们。这样的理想，与孔院的创办理念不谋而合，因此初到孔院，林院长仿佛是与一位久未谋面的老友重逢。

2014年，林芳华被任命为中方院长，这让她愈加感到任重道远。在孔院的教学和管理过程中，林院长积累了很多的心得感悟。她认为，语言本身就是思维方式的体现，在教授汉语的过程中培养学生的汉语思维非常重要。只有理解和掌握一种语言的思维方式，才能更好地运用这种语言。从某种程度来讲，英国中小学的汉语教学甚至比成人汉语教学更为重要。因为自中小学开始的中文教学是启蒙教育，能够给英国孩子的思维方式带来影响，让他们逐渐拥有汉语思维、理解中国文化，从而在他们心中播下两国友好交往的种子，播种对中国的善意与热情。

相处：补短取长

英国成熟的教育体系给林院长留下了“严谨专业”的深刻印象。英国教育强调激发学生兴趣的同时兼顾教学的有效性，而英国教师在教学行为和教学管理等方面都受过严格训练，拥有极高的专业素养。在英国的中小学，老师为了兼顾每个学生的特点和需求，甚至会对同一个班的学生进行细致的分级教学和测试。为了更好地融入当地教学环境，孔子学院在发展过程中努力将英国教学思维与汉语教学相结合，提倡轻松愉快的学习氛围和丰富多样的教学方式。另外，“合作创新”也是英国教育的一大特点，在孔子学院里这种特点则体现为跨国别、跨学科、跨团队的合作。林院长时常与教体育、美术甚至戏剧的英国老师协作策划，好让一个汉语课堂或者汉语活动变得更加生动活泼。这些“跨界活动”提高了学生多方面的能力和素质，受到了英国教师和学生的广泛认可。

由于提倡个性化、多样化教学，英国中小学没有统一的教材，只规定教学大纲和内容范围，由教师自己设计教学方式与教学进度，最后根据教学大纲进行测试，考察教学成果。IOE

孔子学院的汉语教学遵守英国外语教学大纲，但汉语包含丰富的语言和文化知识，没有统一的教材给汉语教学带来了一定的困难。在这种情况下，IOE 孔子学院决定自己编写一本符合英国教育理念和学生特点的汉语教材。这本教材由北京大学於斌老师和英国当地教师合作编写完成，由培生教育集团出版，与英国教学实际紧密结合，并在教学实践中不断得到改进和完善。这一举措为英格兰中小学汉语教学的发展做出了独一无二的巨大贡献。

2015 年，英国政府通过了“中文培优项目”，并投入一千万英镑作为项目经费。该计划由 IOE 孔子学院与英国文化协会（British Council）承办，旨在推进英国的汉语教学持续良好地发展。这是英方对 IOE 孔子学院多年来教学成果的肯定。作为英国中小学汉语发展的推动者，IOE 孔子学院将负责整个项目的策划与实施，这意味着孔子学院的每一位工作者都将肩负更大的责任。

相知：日久明心

不同的文化之音彼此交汇，有时难免生出不和谐的音符。很多我们看似平常的事情，在不同文化背景下却会产生完全不同的后果。IOE孔院下设的孔子课堂中，曾有一位中方老师在鼓励学生时轻轻拍了一下他的后背，这个在中国被看成一种正向反馈的简单动作，却让学生认为自己受到了“骚扰”并投诉了这位老师。学生所在学校的校长立即致电这位老师，并请他“马上离开学校”。得知此事的林院长马上向英方解释，为什么在中国，老师轻拍孩子的后背表示鼓励和爱护，告诉他们其实中国的孩子们大多以老师的爱护为荣。英方校长听完恍然大悟，主动向学生和家长说明，一场因文化差异而造成的误解就这样化解了。

减少由于不同文化特质而产生的种种误解和矛盾，不仅需要沟通，还需要分享。林院长擅长中国烹饪，一次，她包好饺子后送了一盘给房东品尝，头一回尝到饺子的房东不无惊奇地说：“我还以为中国菜都是又咸又油腻，没想到也有这么清淡美味的食品。”趁此机会，林院长向房东解释了中国菜的地域差异，在随后的交谈中，房东对中国的饮食文化有了更为全面客观的了解，逐渐消除了对中国菜的偏见。

文化是深入骨血的东西，它们已经和我们的思想、行为融为一体。面对文化差异所带来的种种矛盾与不和谐，真诚的沟通和分享才能增进彼此的了解与信任——这需要每一个孔院工作者的共同努力。正如林院长所说，每位孔院人都必须抱有学习西方传教士的精神，对汉语教学事业怀有坚定的信念和崇高的使命感，让更多的人了解汉语、了解中华文化，了解更真实的中国。

相望：期盼未来

从 2007 年到 2017 年，从 SSTA 孔子学院建立再到如今的 IOE 孔子学院，从全球第一所致力于中小学汉语教学的孔子学院，再到成为今天全球各地以中小学汉语教学为宗旨的孔子学院的引领者，林校长充满自豪地感慨道：“短短十年，我们实现了从 Only one 到 Number one 的成功跨越！”

目前IOE孔子学院的“中文培优计划”仍在推进当中，到2020年，将有大约五千名英国青少年流畅使用标准的汉语，林院长热切期待能有更多类似“中文培优计划”的项目在英国乃至全世界开展。她还表示，在英国的三年时间里，无论在教学理念还是教学方法上都深感收获良多，如今重回祖国，她希望能把在英国学到的教育理念和方法，尝试应用于国内教学中，促进中国孩子们更加全面地学习成长。

刘秀琴，北京大学附属中学英语老师，2010 年 10 月至 2014 年 10 月担任伦敦大学教育学院孔子学院中方院长。

孔院往事

——专访伦敦大学教育学院孔子学院中方院长刘秀琴

谈到初入孔院的情景，刘秀琴院长凝神片刻后说道：“带着压力过去，工作并不轻松。”

刘院长毫不讳言压力来自两个方面：一是如何沟通，因为双方的脾气、秉性都有差异，英国人有英国人的沟通方式和特点，所以在交流时难免如履薄冰，哪怕是一句话都要反复斟酌，生怕引起对方的误解；二是如何管理，从管理学生到管理老师，大家都身处异国他乡，在工作、生活中水土不服，难免有矛盾和问题。幸运的是，外派老师都有较高的教育背景和教学能力，这让她得以将孔院工作顺利推进。

参与沟通

伦敦大学教育学院孔子学院在英格兰地区是很有地位和影响力的，每年会举办一次全英孔子学院教师大会，邀请一些著名人物做演讲，开办教师工作坊，提高教师队伍的整体素养。此外孔院还拥有自己的网站，为有汉语教学经历的英国教师，包括汉办的老师提供交流的平台。

初到英国，对孔院的许多基本情况都不甚了解，于是刘院长带领着自己的团队积极与英方展开沟通与交流，正如她所言："凡是跟汉语相关的活动，只要他们邀请我，我都会积极参加。"比如参加英国48集团的活动（48集团是英国的精英集团，他们在中国春节前会有年度活动）、年度院长交流会等，活动类型包括外事活动、行政管理、教学、走访课堂等方方面面。同时刘院长还积极拓展各种合作模式，努力获得多样化的支持，此外她还广泛参与了一些企业、公会、使馆等举办的活动，时刻给自己"充电"。

落地与融入

走访课堂是积极融入孔院事业的一种重要方式。刘院长说起了自己在《呼啸山庄》作者的家乡的一段经历："真的像艾米莉·勃朗特笔下描写的一样，那里的人特别吝啬，有两个老师反映他们的生活比较困难，说在学校里吃不饱，我就前去调查是否属实，跟校方沟通。有人不无幽默地说：'你来开会的时候鱼会更大一点。' 英国人过得很节俭，和国内的饮食习惯不太一样，所以会有一些有趣的事情发生，比如男老师经常跟我抱怨吃不饱，我也会和校方沟通，使问题得以解决。"

当谈到在英国的生活条件时，刘院长的回答可谓五味杂陈："其实生活不如你想象得美好，英国的冬天非常冷，房东的暖气也是定时开的，经常晚上会被冻醒。我住的地方，透过窗子一看，隔着大概十米左右有一片一望无际的墓地，房东跟我们说的，sleep beside dead is quiet，后来听英国人说的，墓地就是福地。两年后，我自己选了一个十平方米的房子。考虑到其他老师的感受，为了不让对比太过强烈，我当时在生活上没有给自己提出太高的标准。此外还有一个原因，刚从国内过来的老师都有一个误区，认为房子大就舒服；其实在英国，温暖、安全的房子才是好房子。生活上就没往高标准上靠，所以我在任期间，老师们在房子的事情上也没出现什么大风大浪。早出晚归、披星戴月是常有的事，有时候出去走访课堂，到宾馆晚了饭都没有。在英国的生活远没有想象中光鲜亮丽，大部分时候还是很辛苦的。”

“作为中方院长，代表中国人的形象。你必须有时间概念，必须诚实。这几年下来，我几乎没有迟到过。”几年来，刘院长便是以这样的原则来要求自己。入乡随俗，适应融入。刘院长非常注意在细节上下功夫，从细节上融入当地的生活：开会的时候外方会买一些小食品，大家一起分享；后来她也会买一些水果、糖果，让大家一起吃。于是整个孔子学院都形成了较好的氛围，大家相互帮助，共同努力。

建立表格化的管理体系

孔院的老师分散在英格兰各地，大概一年只能见两次面，所以“如何有效管理”是一个历史遗留问题，也是刘院长面临的最大问题。

经过一年多的实践和不断完善，刘院长设计了一个孔院教师的工作表格，细化工作内容。明确工作标准（老师们一般一周要承担20节课的工作，有的还需要更多的交通时间），把课时、辐射学校的工作、课外教学（成人教学和辅导学生参加比赛）、为孔院建设所做的贡献、主办活动等工作都加以量化，并以此作为评价参考。刘院长的表格化管理方式也被国家汉办重点推广。

这种表格化管理体系，实践证明使得繁杂的行政管理工作得以简化，效率明显提高，刘院长只需处理一些生活上的问题。在房子的分配、财务等物质生活方面，刘院长总是以身作则，上下沟通，竭尽所能地减少老师们遇到的各种困惑和问题。她还尤其关注老师们的精神生活：英国人比较保守，而且都以家庭为主，所以老师们在生活上都比较孤独，刘院长经常与他们联系，倾听他们的诉说。

决策能力——医疗保险 DP 事件

在英期间会遇到许多意想不到的突发事情，面对这种情境，需要中方院长冷静面对。一次刘院长接到通知说有位老师从约克的城墙上摔下来了，正在赫尔士医院急救，伤势很严重。按照常理，老师们都应该加入当地的医疗保险 DP，但是出事的这位老师没加入。在刘院长与各方沟通后，英方和汉办也关注到这件事情。刘院长代表孔院去看望那位老师，给予他经济上的补偿。课堂经理（Line Manager）也一直在多方沟通以处理这件事情。汉办和孔院希望老师早日回国，但是英国和中国的治疗体系是不一样的，再加上路途颠簸，对老师的恢复以及未来的健康都不利，刘院长从老师的利益出发继续跟汉办和孔院沟通，希望能把老师留在英国治疗。之后这位老师在英国进行了康复治疗，又继续工作了一年，才回到中国，回国后身体健康如初。

刘院长总结道："在解决问题的时候，要看得远一点，要稍微深刻一点，处理问题要人性化一点。DP 事件是我在工作期间遇到的最大问题，好在最后顺利解决了。"

打造优秀团队

教师培训一直是 IOE 孔院的重点工作，刘院长认为：“首先是通过培训来熟悉新来的老师，通过他们在培训时的表现看他们是什么样的人，评估他们和当地课堂经理的匹配度，然后再商量将老师们派往哪个课堂，尽量根据课堂经理的秉性、学校的环境来分配，把这个工作做好。再就是组织老师们办签证、跟英方联系等，做好对接工作。”

其次是岗中培训。要把老师们从初到英国一直到岗中培训这段时间的所有工作情况和工作量，老师们对孔院、汉办建设的贡献等都统计出来，将可以看出老师工作状态的学生照片、老师在课堂上布置的照片等收集起来做成 PPT，收集老师们的工作量的统计表、老师们发表的关于汉办和孔院的新闻稿数量，在会议上做总结，并邀请每位老师和大家一起分享 positive story。通过培训，可以让老师们知道自己做了什么，跟大家分享自己的教学经验，发现自己有哪些不足，有哪些收获。

除此之外，刘院长在任期间对于教学尤其重视，组织教师们写教学课例，并推送到汉办的官网上。“我去的第一年，工作都是一边摸索一边进行的，但是英方很认可，还给我颁了一个奖。”

最后总结

回顾四年孔院工作，刘院长充满感慨：“我跟汉办、孔院、外方、中方的老师们都成了好朋友。四年来，得益于与英方的不断沟通，双方互相尊重、信赖，彼此接纳并共同进步。离开英国后，他们还会经常提起我，我觉得很值得、很开心。总的来讲，做得比较好的就是管理上设立表格制度，比较适应孔院这种教师较为分散的情况；之后是重视教师的培养，把教师培训的工作做好；最后是完成了很多高级别的文化活动，包括英国的教育部长到金斯福德（Kingsford）访问、48 集团的活动、领导人的接待等。院长工作对我而言，不仅是服务孔院、服务国家，同时对我自身也是巨大的提升。”

埃及开罗大学孔子学院

2007年3月8日，国家汉办与开罗大学签署了关于合作建设孔子学院的协议。同年11月29日，开罗大学与北京大学签署了合作建立孔子学院的执行协议，并在开罗举行了孔子学院揭牌仪式。

开大孔子学院因地制宜开设了多种汉语课程，培训汉语教师，举行汉语水平考试，并举办了国际研讨会及丰富多彩的文化活动。自2008年3月开始正式授课以来，孔子学院陆续开设了汉语导游强化班、汉语初级班、汉语中级班、汉语高级口语班、高级职员汉语进修班、商务汉语口语班、HSK辅导班等特色课程，深受学生欢迎。招生人数从2008年第一期的30多人到近两年来每期都超过400人。绝大部分结业的学员都选择了从事埃及文化、教育、经济贸易等领域的相关工作。作为埃及和北非地区第一所孔子学院，开罗大学孔子学院在汉语教学、中埃文化交流、教育学术交流与研讨、《孔子学院》院刊本土化等方面产生了广泛的影响。

开罗大学孔子学院重视以语言为载体开展各种形式的活动，以展示汉语学习的成果。举办过多次各类型文化活动，形式丰富多样，如节庆、竞赛、表演、研讨会等。

梁雅卿，北京大学阿拉伯语系副教授，2007年11月至2009年11月担任开罗大学孔子学院中方院长。

永恒的记忆——那些年我们共同成长

——专访开罗大学孔子学院首任中方院长梁雅卿

“每一个曾经在世界各地孔子学院工作过的人，都会把在孔子学院工作的经历深藏在心底，永远铭记。因为这项工作不仅仅是在传播中国文化，进行汉语教学，更重要的是在构筑中国与世界人民心灵沟通的桥梁。孔子学院是让世界了解中国、认识中国的一个窗口，她是一件功在当代、利在千秋的伟大事业，是让中国走向世界的中国梦成为现实的伟大壮举。”时任开罗大学孔子学院中方院长的梁雅卿院长如是说。

神圣使命

作为孔院院长，办好孔子学院是一项神圣使命。2007年11月，梁雅卿院长带着这个神圣使命只身来到开罗大学的时候，北大汉推办给梁院长的任务是一个月内安排好开罗大学孔子学院的揭牌工作，这让梁院长深感责任重大。

来到开大的第二天，中国驻埃及大使馆教育处教育专员林丰民博士带梁院长拜会了开罗大学校长、副校长、开放教育中心主任、开大汉语系负责人等领导。从这一天开始，梁院长便成了这四个办公室的“常客”。开放教育中心主任、原开罗大学副校长哈姆迪教授主动向校长请缨，愿意做第一任开罗大学孔子学院外方院长。汉语系负责人李哈布博士也向梁院长伸出有力的援手，和她一起开始了孔子学院揭牌仪式的各项准备工作。在开罗大学汉语系任教的中国汉语教师们热情地带梁院长办理各种手续，大家都积极主动地投身到揭牌仪式等方方面面具体繁杂的工作之中。值得一提的是，他们都有自己繁重的教学任务。况且开罗11月初的天气还在38℃左右，真可谓烈日炎炎，火烤一般。然而，比炎热的天气更火热的是大家办好孔子学院的一腔激情，这使梁院长眼含热泪从心底发出呐喊：“我并不孤单，因为有中埃两国人民友谊的双手支撑我前行，开罗大学孔子学院一定能成功。”

在中国驻埃及大使馆教育处、文化处的大力支持和帮助下，在国家汉办和北京大学各级领导、汉推办及外国语学院领导的指导下，在埃及开罗大学校长、副校长、汉语系负责人的重视下，在中国汉语教师们的通力协作下，在中埃各界朋友们的关心下，经过近一个月的艰苦努力，2007 年 11 月 29 日，开罗大学孔子学院顺利揭牌的美好时刻终于到来。

《开办孔子学院的两校协议》签字仪式在庄严肃穆的卢特菲会议厅举行，开罗大学校长阿里·阿卜杜·拉赫曼、中国驻埃及使馆大使武春华、北京大学副校长张国有在大会上致辞，中埃媒体记者出席报道了这次庄严神圣而又场面热烈的大会。

中国驻埃及大使武春华在致辞中说：“今天的揭牌仪式意味着埃及以及北非地区第一所孔子学院正式建立起来。开罗大学孔子学院的建立，必将有力地推进埃及汉语教学多层次、全方位地发展，促进两国在经济、教育、文化领域的交流与合作，增进两国人民之间的了解和友谊。”开罗大学校长阿里·阿卜杜·拉赫曼指出："开罗大学孔子学院的建立是埃中两国友好关系不断发展的象征，也是开罗大学与北京大学良好合作关系的一个标志。开罗大学孔子学院将主要教授中文和中国文化。"北京大学副校长张国有在致辞中说："开罗大学是埃及乃至整个阿拉伯世界最古老的高等教育机构之一，她为埃及，为阿拉伯国家乃至世界培养了成千上万的各类优秀专业人才，在民族独立和民族复兴的伟大革命和建设中，发挥了重要的作用。北京大学也是中国国内第一所综合性大学，具有悠久的历史和深厚的学术传统。依托两校雄厚的教育实力和人文底蕴，开罗大学孔子学院一定会在推动开罗大学的中国语言文化教学、开展当代中国问题研究以及增进埃及民众对中国语言文化兴趣方面发挥重要作用。"

揭牌仪式结束后，李哈布博士伸出双臂紧紧地拥抱梁院长，眼含热泪对她说："你成功了。"梁院长也紧紧地握着李哈布博士的双手激动地说："是我们成功了，是我们的精诚合作成功了。"

不懈努力

在孔院的日常管理中，梁院长首先遇到的考验就是开创孔子学院独立账号和制作启动经费预算，其中预算、决算账目是她从来没有接触过的新课题。令人感动的是，国家汉办主管开罗大学孔子学院的崔怡老师一次又一次不厌其烦地指导梁院长做预算、决算账目，并发来其他兄弟孔院的预算模版供她参考。为了做好预算、决算账目，开罗大学中文系负责人李哈布博士利用工作之余，冒着37℃的高温亲自开车带梁院长一家又一家地考察开罗的大型文化用品超市和家具店，了解市场行情，询价问质。小到一盒订书钉，大到教学办公桌椅，经过反反复复地比较咨询，终于做出了符合埃及实际情况的预算账目。

第二项任务是开课准备工作，这项工作千头万绪，遇到了不少难题。如何开设汉语课程是梁院长思考的首要问题。当时的开罗大学孔子学院刚刚揭牌，暂无影响力，然而它也有别人所不具备的长处，那就是品牌，开罗大学孔子学院依托的是世界闻名、文化底蕴深厚的大学——开罗大学。而且，开罗大学孔子学院有令中国和世界瞩目、学术精良的大学——北京大学做共建学校，有中国国家汉办和中国驻埃及大使馆的支持，只要不懈努力，就一定能够战胜困难，见到成效。

为了开办符合埃及国情、具有埃及特色的汉语班，梁院长认真征求在开罗大学工作的中国汉语教师们的意见，广泛听取埃及学生的需求。同时，对开办导游班和初级班的可行性进行了多次商讨，并对开罗和埃及的汉语教学状况展开深入的社会调研，做到心中有数。

集思广益

开大孔院正式揭牌之前，在开罗已经有包括开罗大学汉语系在内的 5 个讲授汉语的单位，学汉语的在校学生大约有 1500 人左右，办学最长的院校已经有 30 多年的历史，短期培训机构一次的招生人数最多可达 300 人，办学经验也在 7 年以上。从以上数字可以看出，其他汉语教学单位的“老”——资格老、“大”——规模大。开大孔院如何在这样的环境中找到突破口，展示出自己的品牌和特色，是关系到孔院在开罗能否扎得下根来的重要问题。梁院长在走访埃及旅游部时，认识到中埃旅游业的发展是其工作重点。由于当时中国和埃及两国旅游业正在联手打造埃及旅游品牌，中国游客到埃及旅游的人数剧增，埃及当地汉语导游人数供不应求，且导游水平参差不齐，不能满足旅游业的需求。埃及年轻人就业压力大，而导游班的学生就业比较容易，工资又高，是埃及年轻人首选的职业之一，更重要的是当时在埃及基本没有办导游班的汉语培训机构。因此，梁院长决定把导游班定为工作的主攻目标。为此，中埃双方院长和汉语系负责人决定组织开大中国汉语教师编写导游教材，组织人员一起去卢格索和阿斯旺等景点进行实地考察，为编写教材做准备。

实地考察虽然条件比较艰苦，但是梁院长却在和埃及师生的近距离接触中，更加深刻地了解了埃及人民的生活习惯、宗教信仰。从埃及南方回来后，梁院长就组织人员一起制订了详细的教材编写规划。经过讨论，大家各抒己见，集思广益，决定分工合作，每人负责编写一讲，定期完成教材编写工作。

要当先生必须先当学生。在大量收集资料的基础上，为了让编辑人员更加深入地了解埃及旅游景点的历史特色，孔院聘请了资深专家亚西尔先生给老师们开办埃及导游课程。亚西尔先生把自己近20年积累的工作经验，全部无私地奉献给了汉语导游教材的编写工作，他讲课不辞辛苦，兢兢业业，一丝不苟，使每位听课的教师都深受感动。

编写教材困难重重，但老师们毫不气馁，学校网络不通，他们就去网吧查阅参考资料；语言不通，他们就找学生当翻译。老师们硬是凭借着对孔院的热爱，对中华文化的赤诚之心按时完成了编写任务。当梁院长拿到打印好的材料时，每位老师都兴奋得难以言表。

教材既注重实用性和知识性，又注重传授导游技能。通过实践的检验，导游教材得到了学生们的广泛认可和一致好评。埃及旅游部负责人看了开罗大学孔子学院教师们编写的导游教材也非常满意，并将开罗大学孔子学院作为埃及首家“旅游部汉语导游培训点”。

团结协作

为了主办开大孔院文化品牌活动，老师们策划了中国文化月、汉语文化讲座、中国诗词大奖赛等活动，邀请埃及各大高校的汉语师生参加，这一系列活动的成功举办既传播了中国文化，又扩大了孔子学院的影响。这些活动的成功举办是汉语老师们通力合作的结果，也和埃及各汉语兄弟院校、单位和中国驻埃及使馆文化处、教育处的大力支持密不可分。

在开大孔院工作的短短两年中，梁院长深刻体会到，要办好孔子学院必须有坚强的领导核心，才能顶住压力，战胜困难，完成预期目标。同时，梁院长也认识到脚踏实地做深入细致的社会调查和大家团结协作的重要性。没有深入细致的社会调查，就不能知己知彼，认清自己的工作方向；没有精诚合作、团结一致的合作精神，孔院工作就是一盘散沙，什么事也办不成。两年里，许许多多团结协作、相互支持的故事，深深感动着梁院长，她衷心感谢中埃各界朋友们的关心和帮助，并把朋友们的真诚友情深藏心底，永远铭记。

开罗大学孔子学院从初建时只有几个学员，到目前每年培训学员超过 500 名，并举办各种丰富多彩的文化活动；从当初只有三个四壁空空的房间，不得不赊账租教室上课，到建成自己的语音教室、文化体验中心。如此辉煌的成就是一批又一批孔子学院工作人员通力协作、辛勤付出取得的成果，为孔子学院今后的发展奠定了坚实的基础。回首往昔，在开罗大学孔子学院的点点滴滴都是梁雅卿院长终生难忘的美好记忆；展望未来，梁院长表示真诚希望我们和世界各国人民通过孔子学院交流沟通，携手共进，互利共赢。

林小英，北京大学教育学博士。主要研究领域为教育政策研究、质性教育研究、教师教育。获北京大学教学优秀奖、北京大学第十二届人文社会科学优秀成果二等奖。所授课程有教育政策案例研究、质的研究方法、教育政策研究基础等。2015年9月至今，担任开罗大学孔子学院中方院长。

心无所恃，随遇而安

——专访开罗大学孔子学院中方院长林小英

一个没有“初衷”的决定

“孔子学院其实从来就不在我的视野范围里。”林小英院长笑着说道。这段与孔子学院的缘分被她归结为四个字——机缘巧合。在任开罗大学孔子学院中方院长之前，她对于孔子学院仅限于“知道”而已。“我参与过一个论文答辩，其中有两篇教育学院的博士论文是研究孔子学院的，所以对这个情况有点了解，但也没有太多印象。”

2016年，林老师正在杭州出差，时任德国柏林自由大学孔子学院中方院长的毕明辉副教授在微信聊天时问她，是否愿意加入这个项目做中方院长。林老师很爽快地答应了。“其实在此之前我并不是特别了解孔子学院在做什么，但出于友情我还是决定去做一下。因为相信毕老师的判断，我也就相信这个事业了。特别简单的一个关联。”

让林老师没想到的是，北大汉推办很快得知了这个消息，并立刻打电话联系她。当时，埃及和泰国的孔子学院都没有中方院长，负责人蒲清让林老师从中选一个，林老师毫不犹豫地选择了异域风情更为浓厚的埃及。她坦言：“其实有时候做这个事情并没有太多的初衷，只是觉得它‘很不一样’。”另外，在林老师的理解中，虽然汉语推广不在教育学院的范畴之内，一直是北京大学对外汉语教育学院、外国语学院的传统业务，“但它最终还是教育，所以它理所当然和我们学院是有关系的”。这种从教育理解汉语推广的视角，是她后来在开大孔院一系列“开风气之先”的举措的重要基础。

之后，毕老师为林老师写了一封很长的推荐信，发给了副校长李岩松和汉推办副主任康涛。林老师虽然之前没听说过汉推办，但是，她发现很多与孔子学院相关的负责人其实都是老朋友，不禁感叹“原来是这样一些人在做这个事业”。而这些人她认为都是十分值得信赖的，基于对这个团队的信任，她对孔子学院的信念也更加坚定了。

由于事情紧急，汉推办建议林老师立刻出发。当时，林老师稍微有些担心会影响学院的工作。然而令她十分感动的是，教育学院的领导都极其开明，全力支持孔子学院这项事业。在林老师派出程序上没有遇到任何障碍，一切都进展得十分顺畅，让她“看到了人与人之间的包容、支持与鼓励”。她感慨地说：“因为大家都是研究教育的，都知道教育是一定不能画地为牢的。对于教育来说，最重要的是人力的投入，其他任何的外在条件、薪水待遇都是次要的，所以首先要去充分地相信人。”

虽然林小英院长用简单的“不一样”来总结这段经历，但前往一个和中国相距六个时区、位于冲突频繁的中东地区、自然与人文环境都截然不同的非洲国度其实并不是一个简单的决定。当时很多人都对她个人的人身安全、家庭以及学术生涯的发展表示担心，但是教育学院的很多前辈给了她莫大的鼓励。“他们说，你能有机会去埃及工作一段时间，对你整个人生来讲是特别宝贵的人生经验。”这种观点让林院长把埃及之行视为人生中一个与众不同的体验，一个需要她付诸热情、智慧与担当的事业。然而恰恰是这种“抽离”的态度，让林院长能超然事外，以独特的思路和明晰的洞察为开大孔院带来缕缕清风。“我在埃及完全是‘心无所恃，随遇而安’，我不需要依靠什么，也不用顾虑什么。我就按照我的原则，做正确的事情。”

一年以后，当林院长回归燕园，回到她的研究天地，她依然感怀当初那个“没有初衷”的决定所带来的丰厚的人生馈赠。“埃及之行非但没有耽误我的研究进程，反而意外地推动了我在学术方面一个特别重要的领域的开展。”林院长在质性方法方面进行了十几年的研究，在学术界具有较高的影响力和权威性。如何用观察的方法来搜集资料，使之变成社会科学的一种方法，是这个领域一直存在的难题，这种方法在艺术史、文学领域都有，但是在社会科学领域还很缺乏，这方面的研究也进展缓慢。在去埃及之前，林院长就在思考这个问题。到了埃及之后，她因为不懂阿拉伯语，所以只能通过图像来体认这个世界，这一独特的亲身体验让林院长发现，原来图像理论的发源地其实是在埃及。深厚的研究功力与意外的灵感启发相结合，成功转化为她开拓学术研究领域的巨大动力。“所以有的时候你看似没有任何目的、没有现实世俗的目的去做一件事，却给了你一个最大的回报。”

一身正气，跨越国界

去埃及之前，林院长就了解到开大孔院和亚非其他国家的孔子学院很不一样，它基本是由外方主导，而且外方院长李哈布为人极其强势。很多人建议她前几个月以观察为主，先按兵不动。然而在林院长刚刚到达埃及的第三天，在她连房子都没有租好的时候，李哈布就让她处理一起学生投诉事件。林院长大致安顿下来便着手工作，按照三个步骤展开调查。首先，她明确表示不接受匿名投诉，要求外方院长秘书给出投诉学生的名单，发现一个 15 人的班级竟然有 13 名同学投诉。然后，她进一步询问投诉原因，外方便指出了中国老师在教学上的三个问题。最后，她亲自听课，验证投诉是否合理。而这种通过听课来处理投诉的方式是外方闻所未闻的。一堂课听下来，林院长找到了问题的症结。主要来自两个方面：一是没有按语言水平分班，导致不同水平的同学混杂在同一个课堂中，水平较低的学生感到非常吃力；二是中国老师的教学确实存在问题。她毫无保留地将自己的结论告诉外方院长，既指出外方之前由不懂中文的秘书随意分班造成教学困难，要求从下学期开始建立分级分班考试制度，也批评了中国老师教学方法不当、教学质量有待提高。用她自己的话来说就是“两方各打五十大板，各负各的责任”。这种干脆利落、深入彻底的处理方式和公平公正、不偏不倚的办事原则使外方非常意外，也让林院长开始得到外方院长李哈布的信任。

在孔子学院的管理过程中，中外方院长的关系一直是一个重要的问题。这方面有很多失败的例子，导致后续工作更加艰难。林院长坦言，她刚去的时候也和李哈布发生过不愉快，但是她也确实能体谅外方院长的不容易。开大孔院已经连续三年没有中方院长，一直都是李哈布一个人支撑着孔院。林院长认为李哈布虽然强势但也很有见识和能力，她不时自然而然地流露出这种认可的态度，也相信李哈布一定能感受得到，“很多人性里面相同的东西是不分国界的”。三个月之后，李哈布就基本了解了林院长的为人，称赞她“是一个很有现代思维的老师”，还喜欢带着她出席埃及的各种会议、活动，每次都让司机开车去接林院长，并且自愿给不懂阿拉伯语的她当翻译。林院长也在工作上全力配合李哈布，坚持一贯的公平公正的原则，大刀阔斧地进行改革。

新思路，新风尚

林院长赴任三个月后，恰逢年末，她发挥自己的教育专长，利用在国内做教学培训的经验，举办了一场别开生面的教学研讨会，汇集了全埃及200多名老师。研讨会上，林院长以抽签的方式将参会老师随机分成12桌，然后采取冰桶挑战的模式，让报名的老师轮流上台演示教学，讲完之后进行集体点评。这种形式让埃及人大开眼界，也真正起到了提升老师教学能力的作用。

让林院长最为高兴的是，通过这次研讨会发现了一个优秀的本土老师木娜。她既是李哈布的学生，又在对北大外汉语教育学院取得了硕士学位。林院长对木娜的汉语水平和教学方法赞赏有加，“我认为我在那里听过的教汉语课教得最好的恰恰是个埃及人”。她和李哈布商量把木娜聘为孔院的本土教师。这不仅让李哈布非常高兴，更重要的是开启了本土教师制度的建立。本土化是国家汉办一直以来努力的方向，推广汉语的最好结果是能“让埃及人来教汉语”，但是由于没有找到合适的突破口，教师本土化始终没有明显的进展。林院长把握契机，宣布中文系的助教都可以经过研讨会这样的形式来进行考核，通过考核的老师有资格申请做孔院的本土教师。这样既提高了孔院的知名度，又促进了孔院教师的本土化，还能适当激励中国老师。经过一年的发展，现在开大孔院的本土教师制度已经基本成型，教师队伍不断壮大，教学水平也逐步提高。“我们在开罗大学的孔子学院办得很红火，让其他很多教汉语的民间机构既羡慕又嫉妒。”林院长笑着说道，爽朗的笑声里充满了自信。

外方院长李哈布其实还有另外一个身份，就是开罗大学中文系主任。教学研讨会的成功举办让她看到了林院长的专业才能，于是她邀请林院长来协管中文系，林院长欣然接受。虽然中文系和孔子学院关系密切，都是负责教授中文的，但两个机构一直界限分明。林院长受邀协管中文系以后，很快就让中文系和孔子学院进行了深度融合，把整个局面都盘活了。之前不受她管辖的三名中文系的中国教师也都被她收入麾下，这三位老师有着较高的教学水平，林院长充分利用来之不易的人才资源进行了院刊的改革，让孔子学院阿拉伯语版院刊编辑出版的工作得以顺利进行。

除了在教学方面开风气之先，林院长还跳出汉语推广的思维定式，从其他的角度探寻新的思路。在她看来，“语言的推广最终是文化的推广”，所以她把语言作为桥梁而不是目的，让汉语推广回归到中国文化的根基中，开启了孔子学院的又一次新风尚。2016 年林院长策划了九项重大文化活动，得到了国家汉办前所未有的支持。她精心为每个活动设计了一个带有“中国”字眼的名称，并且充分利用北大的丰富资源，带给开大学生以及埃及人民一次又一次难得的文化盛宴。在“中国体育”活动中，她以国球乒乓球为主题，让活动取得了出乎意料的好效果。在“中国音乐”活动中，毕明辉老师和北大中乐社的 20 多名学生进行了精彩的表演，效果之震撼让原本并不上心的李哈布颇为惊叹。林院长认为不能让演出仅限于开大校园，应该让更多的埃及人感受到中国民乐的魅力，因此演出场地也走出校园，进入当地的文化中心。在“中国诗词”活动中，北大中文系的程郁缀教授应邀来到开大进行讲座。受程教授的启发，有些学生表示想尝试进行古典诗词的创作。林院长对此非常感动，“这个讲座哪怕只能鼓励一个人创作出作品就很有意义了”。其实林院长也深知，文化活动很难立刻见成效，但是她希望通过这些活动让学生多见识一些新鲜有趣的事物，丰富对中国文化的理解，在他们心中播下一粒种子。随着中文学习的不断深入，这些种子可能会在合适的时候萌芽生长，让他们在博大精深的汉语世界中收获意外的惊喜。

默默贡献，勇担使命

孔子学院从2004年创办以来已经遍布世界一百多个国家，成为世界了解中国文化的窗口，但它的意义远不止于文化交流，从另一个角度来看，它对于中国与其他国家的外交关系也有着重要的战略意义。林院长就是在这项事业背后默默贡献心力的人，她的努力与坚持让开大孔院真正担当起增进中埃合作互信的使命。

2016年是中埃建交60周年，林院长得知刘延东副总理可能会在2月份访问埃及。很快，经过反复商议确定了刘延东副总理在埃及的所有教育活动都放在开罗大学举办，包括小型会见、中埃大学校长论坛、孔子学院大楼奠基仪式等五项。林院长是开罗大学中唯一的中国官方派出的代表，也就自然成为此次活动的中方对接人，开罗大学将外方的协调工作交给了外方院长李哈布，所以整个活动的组织策划实际上就是林院长和李哈布两个人在负责。

“刘延东副总理来访的活动放在开罗大学，是基于使馆对孔院的信任。”林院长这样回忆道。而事实也证明孔院确实担得起这一信任。在筹备阶段，林院长成为协调北大、开大、使馆、汉办四个机构之间的一个信息枢纽。而具体到活动中，从安全保障到场地安排，从流程设计到预算报告，作为一个专注于学术研究的教授，毫无相关经验的她凭借自己的判断与智慧克服重重困难，最终出色完成了全部任务。一如林院长一贯的特立独行的作风，这次活动也别具特色，她坚持大学开放性的特点，在保证安全的前提下，让更多的普通学生、民众参与到活动中，使现场气氛活跃而不失秩序，也因此得到了刘延东副总理的高度评价。林院长虽然为此费尽心力，但却并不是为了图什么，“既然我们国家的领导人来了，我作为一个普通的公民，理应尽我最大的努力来保证这个活动做得好，做得漂亮。”活动当天，林院长反而成了最清闲的人。她将任务分配给各位老师，自己则在场外做总调度，政府间领导人的接见活动她也一概推掉。“我是一个研究人员，有自己的一片天地。对于这个活动来说，我只想起一个桥梁和后台的作用。我可以写剧本、当导演，但我绝对不会在台前当主演。”来访任务的出色完成，极大地提升了孔院在开大以及在开罗地区的影响力。

话别孔院，雁过留声

在担任院长一年之后，林院长已经彻底打开了局面。开大孔院朝着制度化、本土化与多元化的方向不断发展，改革带来的新风尚让院里的工作学习环境充满了活力与生机。

林院长不仅给开大孔院留下了一些实用有效的制度、丰富独特的活动计划，更重要的是让开大师生、当地民众领略了一种全新的思路和视角，而这也将为孔院日后深化汉语推广和促进中埃合作的工作提供不竭的创新源泉和巨大的精神动力。

后记

北京大学孔子学院自初建至今已经走过12年历程，从承建最早的立命馆孔子学院到最年轻的希伯来大学孔子学院，共10所孔院相继分布在不同国家、不同地区、不同文化圈内。北大孔院的健康成长离不开与之相关的每个环节、每个人、每件事。其中，对孔院发展至关重要的核心人物——中方院长便是本书的主角。

本书收录了北大孔院从初创到现在的17位中方院长的访谈实录。“眼底未名水，胸中黄河月。”在对院长们进行访谈时，我们发现孔院工作对于他们是事业，是情怀，是生命中不可剥离的一部分。回望、思考、期许，通过访谈实录让我们走进院长们的视野，倾听院长们的心声，了解孔院在他们心中是怎样一种存在。

北京大学汉语国际推广工作办公室